cDv
DRESSLER

Dagmar Chidolue

No Bahamas

Cecilie Dressler Verlag · Hamburg

Von Dagmar Chidolue sind im Dressler Verlag
außerdem erschienen:
Millie in Paris
Millie auf Mallorca
Millie feiert Weihnachten
Millie in Italien
Pink Pätti
Anton Pochatz · Klassenclown
Pischmarie
Magic Müller

Einband von Gesa Denecke
Gesamtherstellung: Clausen & Bosse, Leck
Printed in Germany 1995
ISBN 3-7915-0388-X

Inhalt

Keine Scherze, bitte

Es war das Jahr, in dem Finn Rückert nachmittags, gewöhnlich zwischen drei Uhr und fünf Uhr dreißig, mit seinem Skateboard die Rembrandtstraße hinunterfuhr und so fast täglich, mit Ausnahme der Sonntage, an Annabells Haus vorbeibrauste. Die Straße hatte ein Gefälle und verband sozusagen die Ober- mit der Unterstadt. Finn zog den ganzen Sommer lang seine Kurven. Er konnte nicht wissen, daß Annabell Moll ihn bei seinen Touren wenigstens teilweise beobachtete. Sie stand nachmittags, also ebenfalls zwischen drei Uhr und fünf Uhr dreißig und hoffentlich, ohne dabei erwischt zu werden, mit Herrn Molls Fernglas bewaffnet im ersten Stock des Hauses. Das Fenster ihres Zimmers lag zur Straße hinaus, und so war es ihr vergönnt, Finn Rückert zu betrachten, zwar nicht mit Muße – dafür war sein sekundenlanger Auftritt zu kurz –, aber mit stiller und heller Begeisterung, durch die sie in eine Art Schwebezustand versetzt wurde. Kurz gesagt: Annabell war verrückt nach Finn.
Ziemlich einsam, fand Annabell, nahm Finn die Straße in Angriff, verbissen, besessen, fanatisch vielleicht auch, wie jeder Sportler es wohl sein mußte, der einen übermäßigen Ehrgeiz besaß. Ihr Herz trug eine Spur Mitleid. Und mehr: Liebe war Lust, fand Annabell. Sie hatte immer

wieder versucht, sich ihren Zustand nachvollziehbar zu beschreiben. Ihr Kopf aber war weitgehend ausgeschaltet, und der Körper zwang ihr dieses merkwürdige Gefühl einer Freßsucht auf. So war sie zu dem Ergebnis gekommen, daß Liebe mit dem Bedürfnis, unbedingt in ein Erdbeertörtchen beißen zu müssen, äußerst verwandt war. Die reinste Lust! Und das Wasser lief ihr im Munde zusammen.

Anfangs war Annabell nicht sicher, ob es sich bei dem Skateboardfahrer überhaupt um Finn Rückert handelte, der ein Klassenkamerad ihrer Schwester Linda war. Sie konnte sich noch genau an das erste Auftauchen von Finn erinnern.

Annabell hatte das Fernglas aus bloßer Neugier auf das gegenüberliegende Haus gerichtet. Sie besaß – schon von jeher – das unmißverständliche Gefühl, daß überall sonst etwas los sein könnte, nur nicht bei ihnen zu Hause. Dieses Gefühl hatte den Boden bereitet für ein unstillbares Interesse auf alles, was draußen stattfand. Und richtig, wann immer sie das Fernglas vor ihre Augen hielt, passierte auch was. Wie die Geschichte mit dem kleinen Jungen aus dem Erdgeschoß gegenüber, der neulich just in dem Moment den Fenstervorhang als Liane mißbrauchte, als Annabell das Fernglas in seine Richtung hielt. Der Junge stieß sich ab vom Fensterbrett, auf das er vorher geklettert war, und schwang zwei-, dreimal hin und her, bis ihn irgendeine Gestalt aus dem Innern des Raumes abfing und ihm ordentlich eine verpaßte.

Annabell brauchte nicht ständig ein großes Ereignis, um sich wohl zu fühlen. Alles kam ihr eher wie Kino vor, und sie war gern Zuschauerin. Das war weniger aufregend, als ständig aktives Mitglied im Familienclan Moll zu sein. Annabell war gern allein, und ihr Lebenstraum bestand darin, sich auf der hellen Seite des Mondes zu befinden, während all die anderen Milliarden sich dicht gedrängt die der Erde abgewandte dunkle Hälfte teilen mußten. Nun ja, Sonntag nachmittags würde Annabell vielleicht ihre Familie zum Kaffee besuchen. Vielleicht!

Am besagten Tag also, während sie Fenster und Hauswand von gegenüber nach Geschehnissen absuchte und das Fernglas langsam die Wand hinunter und über die kaum belebte Straße gleiten ließ, bekam sie diesen Jungen vor die Linse.

»Linda«, rief Annabell. »Linda!«

Linda, die mit Annabell außer den gemeinsamen Eltern und dem Geburtstermin – sie waren Zwillingsschwestern – nichts gemein hatte, steckte den Kopf ins Zimmer.

»Ist das nicht dein Finn?« wollte Annabell wissen.

»Was?« fragte Linda. »Wer, wo, wie...«

»Dein Finn!« wiederholte Annabell.

»Mein Finn? Welcher Finn?« Linda trat ans Fenster und machte ein verächtliches Geräusch. »Finn Blödian«, sagte sie. »Finn Rückert.«

»Wieso *Blödian?*« fragte Annabell nach.

»Er hat nichts, was eine Frau anmacht«, sagte Linda.

»Linda!« schrie Annabell. »Du bist dreizehn!«

»Danke gleichfalls«, sagte Linda, zog sich vom Fenster zurück und machte Anstalten, das Zimmer zu verlassen. Mit zurückgewandtem Kopf sagte sie aber noch: »Finn ist der Typ, der unvermeidlich in jeden Haufen, der auf seinem

Weg liegt, reintreten muß. Und ich traue ihm zu, daß er hier auf dieser Straße nur aus einem einzigen Grund herumkurvt.«
»Und der wäre?« fragte Annabell.
»Die Straße hat ein Gefälle«, sagte Linda. »Ideal für Skateboardfahrer. Einen anderen Grund kannst du von Finn nicht erwarten. Er ist ein Simpelchen. Finn Blödian. Es ist schon viel, wenn er sich überhaupt zu irgend etwas aufrafft.«
Skateboardfahren! Vielleicht reichte das zum Leben. Aber: Was hatte man davon, wenn man stundenlang auf einem schmalen Brett durch die Stadt raste? Vielleicht war es das Gefühl der Einsamkeit, das Finn bei seinen Fahrten genoß und das ihrer Vorstellung von der hellen Seite des Mondes sehr nahe kam. Annabell fühlte sich plötzlich sehr verwandt mit Finn. Sie waren wie füreinander geschaffen, fand sie, und plötzlich tauchten Visionen von Erdbeertörtchen vor ihr auf. Und das beim Anblick von jemandem, der nicht ganz normal war, jedenfalls nach Lindas Meinung. Sich selbst hielt Annabell für völlig durchschnittlich, auf dem schmalen Grad zwischen solider Unauffälligkeit und kokettem Charme angesiedelt. Sie hatte, wie sie meinte, nichts Außergewöhnliches an sich, nicht drinnen, nicht draußen, aber sie konnte gut mit sich selber leben. Selbst ihre Frisur, auf deren Gestaltung andere Mädchen ihres Alters größten Wert legten, befand sich in einem Zustand, der jeden Moment in die eine oder andere Richtung entwickelt werden konnte. Wären ihre Haare länger, könnte sie den Schopf fernsehreif – nämlich wie in jeder Shampoowerbung – mit einer viertel Kopf-

drehung nach hinten werfen. So was fand sie albern. Würde sie die Haare abschneiden lassen – ihr älterer Bruder Daniel hatte sich für eine solche Untat schon zur Verfügung gestellt –, kämen sicherlich ihre beiderseitigen Grübchen mehr zur Geltung. Frau Moll, Annabells Mutter, hielt die Löcher in den Wangen für ausnehmend niedlich, besonders wenn Annabell lachte. Annabell vermied Lachen, soweit es ging. Auf keinen Fall wollte sie *süß* aussehen. *Süß* sah ihre Schwester Linda aus.
Daniel hatte es da besser. Er war ein Junge, und Jungen sehen selten süß aus, sondern – im besten Fall – eher sportlich oder verwegen oder distanziert, kühl eben, *cool.* Im schlimmsten Fall sahen Jungen aus wie Streuselkuchen, Nasenbären, Feuermelder oder Steckdosen. Die meisten Jungen aber sahen tatsächlich nach *nichts* aus. Bis auf Finn. Denn Finn hatte, wenn er von der Obergasse her mit leicht eingeknickten Beinen den Bürgersteig der Rembrandtstraße herabschoß, all das Besondere an sich, auf das Annabell im Moment flog (und das unbegreiflicherweise diese Erdbeertörtchengier auslöste): halblange Haare, die normalerweise in die Stirn fielen und am Hinterkopf kürzer geschnitten waren, tiefliegende Augen, von weitem nur als dunkle Schnitte im länglichen Gesicht auszumachen, der Körper eher eine Bohnenstange.
In den Sekunden allerdings, in denen Finn am Haus der Familie Moll vorbeizischte, war von ihm nicht allzuviel zu erkennen. Auch seine schönen Haarsträhnen waren vom Fahrtwind nach hinten geweht, so daß sein Gesicht hell und flach erschien, wie aus Kiefernholz gearbeitet. Meistens trug Finn ein um den Hals geknotetes schwarzes

Tuch mit weißem Muster, manchmal zusätzlich eine rote Baseballkappe.
Annabell mußte, wenn sie Finn so vorbeisausen sehen wollte, mit dem Fernglas in der Hand eine schnelle halbe Drehung machen, um soviel wie möglich von ihm zu erhaschen, zum Beispiel seinen schmalen Rücken und den Hintern, um den die verwaschene, ehemals schwarze Jeans schlabberte. Aber dann war Finn – vielleicht hundert Meter weiter unten – auch schon hinter einer Linkskurve verschwunden und mußte den Schwung ausnutzen, um parallel auf dem Drosselweg die halbe Steigung zurück in die Oberstadt zu schaffen. Das letzte Stück hoch würde er wohl mit dem Brett unter dem Arm erklimmen. Und schließlich, Ecke Drosselweg und Obergasse, konnte die Fahrt neu beginnen.
Eine dieser Schleifen zu fahren dauerte jeweils um die zwanzig Minuten, so daß Annabell in diesem Sommer das große Vergnügen hatte, Finn Rückert fast jeden Nachmittag acht- bis neunmal anschauen zu können. Bei seinem Anblick durchlebte sie alle Phasen ihrer Sucht: Ein verzehrendes Hungergefühl, wenn Finn gerade um die Ecke verschwunden war (ja, so mußte sich eine ausgehungerte und bei Wasser und Brot gehaltene Gefangene fühlen). Wenn er wieder auf der Bildfläche erschien, verwandelte sich der Hunger in Appetit: Nicht zum Reinbeißen! Aber ihr Gesicht an seines legen, sein Haar riechen und vielleicht auch noch seinen Herzschlag fühlen. Schließlich, nach der neunten Runde, überkam sie diese absolute satte Zufriedenheit, wenn sie Finn lange genug betrachtet und sein Bild in sich vergraben hatte.

Annabell befand sich also, was ihr Aussehen und ihren inneren Zustand betraf, zwischen den Stühlen. Alles war möglich. Sie horchte manchmal in sich hinein, wohin es sie drängen mochte, aber aus ihr selbst kam keine Antwort. Manchmal fürchtete sie, daß die Stille in ihr bloße Leere sein könnte. Und das war genau das, was sie nicht von sich erwartete. Sie hatte eher das Gefühl, daß ihr genug Zeit blieb, alles über sich selber herauszubekommen. Wenn ihr da nicht immer und ewig die Mitglieder der Familie Moll einen Strich durch die Rechnung machen würden. Zum Nachdenken brauchte man Stille und Muße. Beides war innerhalb der Familie irgendwie nicht möglich. Und das war es auch, was Annabell zu Finn Rückert hinzog. Daß er die Möglichkeit hatte, sozusagen aus der Welt zu verschwinden, immer unterwegs zu sein. Hatte er keine Familie, die ihn daran hinderte? Wieso war es möglich, daß er sich stundenlang frei bewegen konnte? Gab es niemanden, der sagte: *Kannst du mir mal dies oder das... Soll ich dir mal was Interessantes erzählen... Was hältst du von... Gibst du mir mal bitte... Glaubst du, daß... Wie findest du... Was soll ich... Würdest du so nett sein...*
Fragen, Fragen, die alle irgendeine Reaktion auslösen sollten, aber manchmal wollte Annabell nichts als ihre Ruhe.
In diesem Sommer, fand Annabell, machten sich Merkwürdigkeiten breit. Nicht nur, daß sie, dem inneren Zwang folgend, acht- bis neunmal nachmittags das Erledigen der Hausaufgaben unterbrach, um einem Skateboardfahrer hinterherzustarren, auch in der Familie waren ungewöhnliche Verhaltensweisen zu beobachten.

Annabell hatte keinen Begriff dafür, es war eher ein mulmiges Gefühl, das sie denken ließ: Was soll das in diesem Sommer noch werden? Aber sie schob all ihre Gefühle, ausdrücklich *alles* auf das, was Daniel grinsend als *vor*pubertäres oder *hoch*pubertäres Gehabe bezeichnete. Als ob er mit seinen siebzehn Jahren schon über den Dingen stand.

Alles hatte mit der Planung der diesjährigen Sommerferien angefangen. Die Organisation hatte Herr Moll in die Hand genommen, denn ohne eine lenkende Hand – das wußte Annabell auch – war diese Familie nie auf einen Nenner zu bringen.

Herr Moll hatte an einem Mittwoch abend nach dem Essen die Familie, die schon sprungbereit war, in ihre Einzelteile zu zerfallen, mit der für ihn größtmöglichen Strenge aufgefordert, am Tisch sitzen zu bleiben. Sie mußten nunmehr die jährlich anfallende Übung in Demokratie absolvieren. Er hatte vorgesorgt. Auf dem Sideboard neben dem Eßtisch lag ein Stapel Reisekataloge, jeweils mit länglich gerissenen Zeitungsschnipseln als Auffindungshilfen bestückt. Vater also hatte seine Vorauswahl getroffen.

Frau Moll, die schon angefangen hatte, den Eßtisch abzuräumen, blieb mit dem Wurstteller in der Hand mitten in der Bewegung stecken. Herr Moll rückte ihren Stuhl zurecht. Es war eine symbolische Handlung, die Frau Moll zwang, zuerst den Teller wieder abzustellen und sich danach wie in Zeitlupe zu setzen. Dabei blickte sie fröhlich lächelnd, aber doch recht hilflos in die Runde. Immer versuchte sie, mächtig viel Liebe auszustrahlen, aber da die

Familie satt davon war, würde es auch jetzt nichts nützen. Sie würden alle vierzehn, fünfzehn Runden des demokratischen Prozesses durchlaufen müssen, bis zum abschließenden Knockout. Herr Moll schob mit einer ausholenden, wirklich grandiosen Bewegung Geschirr und Besteck auf eine Tischseite, so daß er Platz geschaffen hatte für seine Vorstellung: Reiseziele in Bild und Ton.

Daniel verdrehte die Augen, aber ohne sein übliches Gestöhne, das alle Aufmerksamkeit auf ihn gelenkt hätte und ein denkbar schlechter Einstieg in die Lektion gewesen wäre. Er war nicht sonderlich gut gelaunt, denn jetzt wäre seine tägliche Telefonstunde an der Reihe gewesen, seit einigen Wochen mit einem Mädchen namens Brigitte Janowski, kurz *Biggi* genannt und fünfzehn Jahre alt, Telefongespräche also zur besten Tageszeit, weil Herr Moll normalerweise die Nachrichtensendung im zweiten Fernsehprogramm anschaute. Daneben war er für kein anderes Geschehnis aufnahmebereit. Herr Moll war ein toleranter Mensch, erwartete aber die gleiche Einstellung von anderen Leuten, insbesondere von seiner Familie. Toleranz, fand er, war eine Tugend, die bei Offenheit anfing und bei Verantwortung aufhörte und also wenig Spielraum ließ. Er akzeptierte den Umgang mit dem anderen Geschlecht als etwas durchaus Normales. Er setzte voraus und nahm manchmal völlig grundlos an, daß sich Beziehungen zwischen Jungen und Mädchen auf rein schulisches Interesse beschränkten. Wie Hausaufgabenbesprechen oder höchstens ein gemeinsames Badmintonspiel.

Herr Moll selber schien, was diesen Punkt betraf, längst jenseits von Gut und Böse zu sein. Er war Frau Moll herzlich zugetan. Und dagegen war ja auch nichts einzuwenden.
Herr Moll rieb sich die Hände, was ein trockenes Geräusch verursachte. Annabell war dankbar, daß sie ihren Vater nicht als Lehrer hatte. Wäre sie mehrere Stunden am Tag mit ihm konfrontiert, würde sie diese Handbewegung nicht als Gewohnheit, sondern etwa als Tick bewerten. Und das führte bei Schülern bekannterweise leicht zu Ablenkungen und Unaufmerksamkeiten. In der Beziehung hatte sie solide Erfahrungen hinter sich. Herr Moll war Berufsschullehrer an einer privaten Handelsschule und zum Glück meistens auch nachmittags außer Haus. Er unterrichtete Umschüler, und dieser Tatbestand führte auch zu seiner allgemeinen Haltung: Nichts war unmöglich, und ein Weg war dort, wo auch ein Wille herrschte. Ein schwieriger Mensch, aber, um kein Mißverständnis aufkommen zu lassen, aus tiefstem Herzen von seiner Familie geliebt. Und zwangsläufig geachtet.
»Nun denn«, begann Herr Moll und schlug den ersten, obersten Reisekatalog auf, und zwar genau an der Stelle, die vom obersten Zeitungsschnipsel markiert war. »Ich habe verschiedene Vorschläge zu machen«, fuhr Herr Moll fort. »Aber vielleicht sollten wir uns erst einmal anhören, was sich jeder einzelne so vorstellt. Also los, Jungs.«
Das war Bestechung. Wenn Herr Moll die Mitglieder seiner Familie mit *Jungs* betitelte, war das ein Kompliment,

das man nicht leichtsinnig unterlaufen wollte. *Jungs* war im Sinne von Herrn Moll keine diskriminierende Bezeichnung, sondern ihm als Sprachmuster vorgegeben worden: Er stammte aus einer reinen Jungen-Familie. So war die Anrede *Jungs* für Herrn Moll der Ausdruck größtmöglicher Liebe. Sollte er seine Lieben etwa *Herrschaften* nennen? Oder *Leute*? *Mäuse*? »Möglicherweise sind wir uns von vornherein einig, und wir sparen uns viel kostbare Zeit«, fuhr Herr Moll fort. Er hatte ein süffisantes Lächeln auf sein Gesicht gelegt, das jeder mit Ausnahme von Frau Moll gleich richtig verstand. Sie jedenfalls strahlte ihren Mann an, als ob sie seinen ironisch gemeinten Hinweis nicht verstanden hätte. Alle drei Kinder warfen ihr einen mitleidsvollen Blick zu.

»Also, wenn ich an letztes Jahr denke«, eröffnete Annabell freiwillig die Diskussion, »dann war das ja wohl eine volle Pleite. Schmieriges Schwimmbad, Glasscherben auf dem Überweg zum Strand, diese Muffelköppe von Hauswirten und dann diese kleinen, schwarzen Punkte, die springen konnten...«

»... und die man Flöhe nennt.« Daniel nahm Annabell das Wort aus dem Mund.

»Ich lach mich heute noch kaputt, wenn ich an die alten Leute denke, die Hauswirte.« Linda fing an zu erzählen. Und es würde eine lange Geschichte werden, die aber, in diesem Fall, jeder schon kannte.

Linda liebte lange Geschichten, im Gegensatz zu Annabell, die viel Gerede um nichts schlecht vertrug. Die beiden waren, obwohl Zwillingsschwestern, total unterschiedlich. Sie waren als zweieiige Zwillingsschwestern so zweieiig, wie es nur irgend geht. Linda, fand Annabell, sah irgendwie kitschig aus, *süß* eben, blaßblond mit roten Tomatenlippen. Sie hatte von Herrn und Frau Moll nur die auffälligen Seiten geerbt, so wie Annabell die eher herben Reste abbekommen hatte, mit denen sie aber ziemlich zufrieden war. Linda wirkte immer überdreht, und so fühlte sich Annabell mit ihrem Bruder verwandter als mit dem Wesen, das einstmals das gemeinsame Nest mit ihr geteilt hatte.

»Wißt ihr noch, wie die uns belauerten, wann wir denn nun endlich ihr schmieriges Schwimmbad benutzen würden? Und als sie uns dann einmal alle zusammen im Wasser antrafen, belagerten sie uns und warfen diesen Wasserball hinein, damit es auch schön lustig würde«, legte Linda los und lachte sich über ihre eigene Geschichte halb tot.

»Und wie ich meinen schönen Badeanzug vergessen hatte«, warf Frau Moll ein. »Und dann den alten anziehen mußte. Der zog immer so Falten auf dem Bauch, und oben hatte der so eine Weite, da paßte ich gar nicht rein, den lila Anzug, wißt ihr noch?«

»Jaja«, sagte Daniel und ganz liebevoll: »Wieso fällt mir jetzt ausgerechnet *Nilpferd* ein?«

Frau Moll machte ein beleidigtes Gesicht, das aber nicht lang anhielt. »Côte d'Azur«, sagte sie. »Nun ja, unter besseren Bedingungen würde ich das noch einmal machen.«

Daniel wühlte mit seinen Fingern in der Salatschüssel herum, in der nur noch Reste klebten von den Sachen, auf die niemand Appetit gehabt hatte. Dicke Zwiebelringe, lappige Salatblätter und weiche Paprikastückchen.

»Hoffentlich hast du den Salat auch ohne Fleischeinlage gemacht«, sagte er, nur weil Annabell heute mit Küchendienst dran gewesen war. Dazu gehörte, daß man Frau Moll bei der Essenszubereitung half. Die Eltern waren der Auffassung, daß neben dem pädagogischen Wert der Aufgabenteilung ihre Kinder zwangsläufig und so ganz nebenbei auch noch Kochen lernen würden.

»Keine Sorge«, beruhigte Annabell ihren Bruder. »Ich habe die Läuse alle einzeln mit dem Löffel totgeschlagen.«

Daniel hörte auf der Stelle auf, in der Salatschüssel herumzupulen. »Nächstesmal lasse ich mich aber in Monte Carlo nicht so abwimmeln wie letztes Jahr, als wir ins Casino wollten, Papa und ich, und Mama die Kleinen hüten mußte.«

Annabell zielte unter dem Tisch auf Daniels Schienbein, trat aber vorbei. Es blieb ihr gar nichts anderes übrig, als sich wortmächtig zu rächen.

»Du hattest gar nicht verstanden, was die von dir wollten«, sagte sie. »Die sprachen nämlich französisch. Papa, daß Daniel Französischunterricht hat, ist nicht nur kostenlos, sondern auch noch umsonst.«

»Quatsch doch nicht«, sagte Daniel. »Ich habe zuerst nur so getan, als ob ich nicht Französisch kann. Damit sie mich so durchlassen. Als Papas Begleiter oder so.«

»Papa ist doch nicht schwul«, sagte Annabell.

»Es hat Daniel sowieso nichts genutzt«, sagte Linda. »Man sah ihm schon von weitem an, daß er noch Eierschalen hinter den Ohren trug.«

»Danke für den Imperfekt«, warf Daniel ein.

»Was?« fragte Linda.
»*Trug*«, erklärte Daniel, »und nicht: *trägt*.«
Herr Moll hatte sich inzwischen geruhsam zurückgelehnt und verfolgte das Geplänkel seiner Familie offensichtlich mit einiger Befriedigung. Er hob sein Glas und ließ den letzten Tropfen Weißbier genußvoll in seine Kehle rollen. Anscheinend war er auf stundenlange Diskussionen eingestellt, was Annabell nervös machte. Sie schlug die Beine übereinander und wippte mit den Fußspitzen nach einer unhörbaren Melodie.
»Und dann fragen die mich noch, ob ich schon über einundzwanzig bin«, fuhr Daniel fort.
»Du hättest sagen sollen, daß du schon über neunundvierzig bist«, riet Annabell.
»Leute wie du dürfen sich ein Casino noch nicht einmal von außen ansehen«, konterte Daniel.
»Ruhe«, sagte Frau Moll und schlug mit den Händen in alle Richtungen, ohne jemanden zu treffen. »Und Papa hat sich den Zeh aufgeschnitten und geblutet wie ein Schwein.«
»Vor dem Casino?« fragte Linda erstaunt, als ob sie damals nicht dabeigewesen wäre.
»Im Schwimmbad«, sagte Annabell.
»Beim Üben von Bauchklatschern«, vervollständigte Daniel das Bild.
Herr Moll schüttelte leicht den Kopf und machte ein vorwurfsvolles »tztztz«.
»Und dann diese Suppen, die wir immer gegessen haben«, erinnerte sich Linda. »Die rochen so wie eine Mischung aus gedünstetem Fisch und Fettwürstchen, also ein Ge-

ruch wie diese frischen Birnen, wartet mal, welche Sorte, diese kleinen, knackigen...«

»Hör auf, meine Kleine«, sagte Frau Moll.

»Ist schon gut, meine Große«, gab Linda zurück, richtete sich leicht auf, um über die Tischplatte auf Frau Molls Bauch zu schauen.

»Die Familie schafft mich«, sagte Frau Moll. »Wenn man's so nimmt, dann war die Côte d'Azur der reinste Horrortrip.«

»Ja, wie eigenartig«, meinte Daniel. »In allen Gruselfilmen haben die Mütter am Schluß weiße Schläfen.«

Frau Moll strich sich mit dem Handgelenk unwillkürlich über ihren Haaransatz.

Jetzt war die Zeit für Herrn Moll gekommen, sich einzumischen. »Wer ist für Côte d'Azur?« fragte er und sah auffordernd in die Runde. »Niemand?«

»Ich wollte schon immer mal Bochum sehen«, schlug Daniel vor.

»Das ist ein unqualifizierter Einwurf«, sagte Herr Moll mit einer gequälten Schärfe in der Stimme. Annabell wußte, daß man jetzt vorsichtig sein mußte. Aber sie konnte sich nicht beherrschen und verriet Daniel.

»Daniels Biggi kommt eigentlich aus Bochum«, sagte sie.

»Wer ist das?« fragte Herr Moll. »Biggi?«

»Die Frau seines Lebens«, sagte Annabell. »Seine große Liebe.«

»Biggi?«

»Brigitte Janowski«, warf Linda so schnell hin, wie man einem bissigen Köter einen Knochen zuwirft.

»Mit ihr mach ich manchmal Hausaufgaben«, gab Daniel zu, was zwar nicht die ganze Wahrheit war, aber wenigstens ein Zipfelchen davon.
Herr Moll jedoch hatte, da es ja nun um ganz andere Dinge ging, im Moment keinen Sinn für Schulprobleme und blickte leicht verärgert drein. Jeder verstand das als Aufforderung, sich des Diskussionsgegenstandes mit Sachverstand anzunehmen. Dann aber mußte er dem Fortschreiten seiner Gedanken selber Einhalt geboten haben. Man sah direkt, wie er sich zurückbewegte, im übertragenen Sinne natürlich, und ein Stichwort aufnahm, von dem Annabell bisher immer gedacht hatte, daß ihr Vater davon in keinster Weise berührt war, und das Wort hieß *Liebe*.
»Was war das eben mit *großer Liebe*?« fragte Herr Moll, und es war offensichtlich, daß er diesen geistigen Seitensprung als störend empfand. »Liebe?« Er sprach das Wort aus, als ob es um *Igittigitt* ging: Liebe mit dreitausend *Iiis*.
Darauf antwortete ihm keiner, und Herr Moll konnte nicht umhin, seine Überlegungen zu diesem Begriff für alle Anwesenden zu formulieren.
»Liebe«, dozierte er, »Liebe ist wie Aprikosenlikör. Bunt, klebrig und sehr, sehr süß. Zuviel und zu früh davon verdirbt den Magen.«
»Und sonst noch was«, fügte Frau Moll scherzhaft hinzu. Sie wurde aber ernst genommen. Herr Moll streckte seine Hand aus und tätschelte die seiner Gemahlin.
»Richtig, Mama«, sagte er und sah in die Runde. »Habe ich mich allerseits verständlich ausgedrückt?«

Seine Kinder nickten. Nicht, weil sie die Weisheiten über Aprikosenlikör vielleicht sogar kapiert hatten, sondern eher, um sich nicht aufs rhetorische Glatteis begeben zu müssen. Es war leichter, Herrn Moll zuzustimmen, als ihm zu widersprechen, denn die richtigen Argumente schlugen sich seltsamerweise immer auf seine Seite. Annabell hatte außerdem stets das Gefühl, am Ende das Gegenteil von dem behauptet zu haben, was sie zu Beginn einer Diskussion ins Feld geführt hatte. Es war frustrierend, und sie schob es auf ihr Alter.

»Nun aber zurück«, sagte Herr Moll. »Wenn ich mich recht erinnere, sitze ich hier, um eure Vorschläge zur Gestaltung der Familienferien entgegenzunehmen. Linda?«

»Ich würde ja ganz gern einige Wochen in einer Hütte in den Schweizer Bergen verbringen«, sagte Linda. »Aber ich weiß schon, ihr haltet das wahre Leben nicht aus.«

»Keine Scherze, bitte«, sagte Herr Moll.

»Es war kein Scherz«, versicherte Linda, aber Herr Moll überging diesen Versuch, denn nun meldete sich Annabell zu Wort. Sie hatte inzwischen genügend Zeit gehabt, ihre Überlegungen zu den Sommerferien zu formulieren.

»Ja, also«, sagte sie. »Mir wäre es am liebsten, wenn wir die Ferien ganz anders als in den letzten Jahren verbringen würden.« Sie schluckte. »Wir haben immer so viele Eindrücke sammeln müssen...«

»Müssen?« fragte Herr Moll mit schiefgelegtem Kopf, was innige Zuwendung bedeuten könnte.

»…können«, verbesserte sich Annabell. »Also, Côte d'Azur und die römischen Katakomben und die Museen in Paris und was nicht noch alles. Ich meine, schön und gut, aber mir brummt hinterher immer der Kopf, und wenn die Schule wieder angefangen hat, ist es, als ob ich keine Ferien gehabt hätte. Kurz und gut, meine idealen Ferien wären ohne all das, nur: Cola, Strand und kein Pompeji.«
Was Annabell unter *Strand* verstand, war *menschenleere Gegend*, und was sie mit *menschenleer* meinte, war: kein Moll an ihrer Seite.
Dann machte Annabell eine Pause, um auf die anstehenden Jubelschreie zu warten, aber alle hielten den Atem an.
Tonlos wiederholte sie, was ihr der Inbegriff aller Ferien war. »Cola, Strand und kein Pompeji.«
Herr Moll sah Annabell verachtungsvoll an. Er stützte sich mit beiden Händen auf der Tischplatte ab und erhob sich. »Ich danke Ihnen, meine Damen und Herren«, sagte er (*Damen und Herren* war gemeint als Gegensatz zu *Jungs*). »Es war mir ein Vergnügen.«
Er packte den Stapel Reiseprospekte zur Seite, mit einer entschlossenen Bewegung, als ob von nun an alles, was mit den Sommerferien zu tun haben würde, nur von ihm alleine abhänge. Dann begann er, den Eßtisch abzuräumen. Das animierte alle, sich stumm und eilfertig an dieser Aktion zu beteiligen, die auch in Null Komma nichts beendet war.
Danach ging Herr Moll hinüber zur Sitzecke, drückte die Fernbedienung und schaute konzentriert einem Fernseh-

bericht über die Galapagosinseln zu. Dort wurden Tiere beschrieben, deren Namen wie phantasievolle Schimpfwörter klangen: *spitzschnabeliger Grundfink* und *Blaufußtölpel.* Selbst Herrn Moll huschte ein einseitiges Grinsen über das Gesicht. Er konnte es kaum verbergen.

Heute ist Freitag

Daniel arbeitete mit Tricks. Das wußte Annabell ganz genau. Solange sie denken konnte, hatte sich ihr Bruder *dicke* Freunde ausgesucht. Das konnte kein Zufall sein. Annabell war überzeugt, daß Daniel sich bewußt mit kräftigen, kleinen oder großen, schwabbeligen und massigen männlichen Wesen umgab. Alles nur zu einem einzigen Zweck: Da er selbst nicht der Dünnste war, brauchte er dicke Menschen, die ihn selber attraktiver oder sogar athletisch erscheinen ließen. Annabell fand das fies. Es galt in ihrer Familie aber als unschicklich, schlecht über andere Mitglieder zu sprechen.
Biggi war auf Daniels Trick hereingefallen. Sie war in der Schule zwei Jahrgänge unter Daniel. Es war verpönt, sich mit Klassenkameraden abzugeben, sexuell natürlich, und das im weitesten Sinne. Schon ein länger auf ihr ruhender Blick konnte als solcher gelten, davon war Annabell überzeugt. Wenn Finn Rückert sie ansah, sauste ihr eine Gänsehaut über die Unterarme.
Insgeheim warf Annabell Daniel vor, daß er nur Freunde hatte, die nicht zu gebrauchen waren. Mit Bratklopsen und Rollmöpsen konnte sie nichts anfangen. So hatte sie sich alleine jemanden suchen müssen. Finn Rückert eben. In der Schule war allgemein bekannt, daß Daniel Moll mit

Biggi *ging*. Er knutschte ziemlich öffentlich mit ihr rum. Da Lehrer anscheinend ihre eigenen Probleme haben, stießen sie sich an Daniels und Biggis öffentlicher Selbstdarstellung nicht sonderlich. Manchmal überlegte sich Annabell, was aber passieren würde, wenn die Eltern Daniel so sehen würden. Denn wenn Biggi bei ihnen zu Hause war, benahmen sie sich so, wie es Daniel ihr offensichtlich eingetrichtert hatte, um nicht in Verdacht zu geraten, er hätte was mit ihr. Herr Moll hatte also immer noch den Eindruck, daß beide, Daniel und Biggi, an gemeinsamen Hausarbeiten arbeiteten: a) über *Heinrich Heines Deutschlandbild* und b) über *Secession and Independence – A Study about American History*, obwohl Biggi ja zwei Jahre jünger als Daniel war. Aber Herr Moll war in dieser Beziehung eben blind.

An dem Tag, als später zu Hause eine weitere Merkwürdigkeit passierte, bekam Annabell ein Lehrstück aus Daniels unergründlicher Trickkiste geboten.

Alle Kinder der Moll-Familie besuchten mittlerweile dieselbe Schule. Annabell und Linda gingen, obwohl sie Zwillinge waren, von Anfang an in getrennte Klassen. Es war ihnen stets freigestellt worden. In immer wieder auflebenden Diskussionen darüber, was für Geschwister, und in ihrem besonderen Fall: für Zwillinge, pädagogisch wertvoller sei, waren alle Familienmitglieder sich einig, daß ein gewisser Abstand zwischen den einzelnen Personen dem Familienfrieden nur dienlich sein könnte. Und diese Auffassung hatte sich in der Praxis bewährt.

Annabell hatte eigentlich nichts gegen Linda. Sie war ihr nur scheißegal.

Von Anfang an, jedenfalls solange Annabell denken konnte, gingen sie ihre eigenen Wege, und die Eltern hatten das nur unterstützt. Da sie schon äußerlich sehr unterschiedlich waren, versuchten Herr und Frau Moll gar nicht erst, sie in gleiche oder ähnliche Klamotten zu pakken. Und vom Tag der Einschulung an stand fest, daß sie sich für so wenig verwandt wie möglich ausgeben würden. Herr Moll hatte gemeint, das würde Spannungen zwischen ihnen abbauen. Herr Moll hatte recht behalten.
Mit Daniel war die Sache schwieriger. Annabell wehrte sich gegen seine Tricks, zum Beispiel, wenn er versuchte, sich von seinen Haushaltspflichten durch Bezahlung zu drücken. Linda ließ sich bestechen. Sie räumte in aller Ruhe an Stelle von Daniel den Geschirrspüler aus und kaufte sich für das so verdiente Geld irgendwelche Heftchen, die zu lesen in der Familie Moll im Grunde verpönt war. Mit der Lektüre (eine Mark achtzig das Stück) verschwand sie dann stundenlang auf der Toilette. *Eine Mark achtzig* war die Währungseinheit für Linda. Einmal Geschirrspüler ausräumen: eine Mark achtzig. Schnitzel mit Salat zubereiten: drei Mark sechzig.
An diesem Tag also stand Annabell mit Freundin Röschen, der sie schon von der ersten Klasse an treu war, auf dem Pausenhof der Schule. Annabell ließ ihre Augen über den Schulhof gleiten. Sie suchte Linda, denn wo Linda war, würde Finn Rückert nicht weit entfernt sein. Schließlich waren sie ja in derselben Klasse. Einen Moment lang kam Annabell der Gedanke, es so einzurichten, daß die Schwester sich mit Finn befreunden würde. Aber wie auch immer sie das anstellen sollte, im Grunde ihres

Herzens hielt sie es für unaufrichtig, derartige Spielchen zu inszenieren. Das waren – objektiv gesehen – niedrige Beweggründe. Und überhaupt: Was wäre, wenn Linda ebenfalls Gefallen an Finn Rückert fände? Nun, im Grunde hatte die Schwester ja jahrelang Zeit gehabt, sich Finn zu schnappen. Aber ihr Verhaltensmuster war einfach und auf Standardprogramme abgestellt. Linda liebte nämlich Cowboys, Oberförster, Arztsöhne und Direktionsassistenten. Eingequetscht zwischen nicht holzfreie Papierseiten – versteht sich – und für eine Mark achtzig das Stück. Lindas einzige Leidenschaft war die Lektüre jener Heftchen, in denen Frauen im Mittelgebirge Holzfällern in die Arme fielen oder rauhe Cowboys sich hin und wieder an einer Farmerstochter gütlich taten. *Kitsch!*
Annabell, während sie ihre Augen umherschweifen ließ, entdeckte jetzt ihren Bruder. Sein kupferblondes Haar war schon von weitem zu sehen. Daniel kam mit gleichzeitig abwägenden und zielgerichteten Schritten auf sie zu, halb Tom Cruise und halb Jason Priestley.
»Der rote Terror kommt«, raunte Annabell Röschen zu.
»Hey«, sagte Daniel zur Begrüßung. Sie hatten sich heute nach dem Aufstehen zwar schon gesehen, aber so früh morgens verstand es kaum ein Mitglied der Familie, einen Gruß zu äußern. Bestenfalls ertönte ein schweinisches Grunzen oder ein Katzenjammerlaut. Annabell zog huldvoll eine Augenbraue hoch. Sie hatte das mal in einem Film gesehen und hielt eine solche Reaktion für das Höchstmaß an Distanzverlangen.
Daniel hatte Biggi im Schlepptau. »Wenn du mich heute abend überredest, mit dir ins Kino zu gehen, und dann

plötzlich absagen mußt, weil dir noch einfällt, daß du für eine morgen fällige Klassenarbeit üben mußt, was willst du dafür haben?« Das war eine für Daniel typische Attacke, von hinten rum quer durch die Brust ins Knie geschossen.

»Welche Klassenarbeit?« fragte Röschen naiv.

Daniel schüttelte angewidert den Kopf und ignorierte Röschens Einwurf.

Annabell versuchte, Daniels Begehren einzuschätzen. Wieviel war Biggi ihm wert? »Zehn Mark«, sagte sie und dachte an ein Dreierpaket unbespielter Musikkassetten.

»Spinnst du?« fragte Daniel.

»Jeden Tag dreimal«, meinte Annabell. »Ich denke, es ist dir wichtig.«

»Ich komme auch ohne deine Hilfe heute abend ins Kino.« Daniel machte schon eine halbe Drehung rückwärts und griff nach Biggis Pfote. »Heute ist Freitag und damit Jugendkino. Da darf ich allemal hin.«

»Ich denke, man kriegt keine Karten für das Jugendkino, weil es immer so voll ist.« Annabell machte Daniels wichtigtuerischen Tonfall nach.

»Ja«, brüllte er. »Da sind alles kleine Erpresser drin.«

»Komm, hör schon auf«, versuchte Biggi ihn zu beruhigen. »Heute abend kommt *Police Academy* im Fernsehen. Könnten wir doch zusammen anschauen.«

»Wo denn?« fragte Daniel mit einem bedeutungsvollen Unterton, auf den Annabell nie reinfallen würde. »Bei mir oder bei dir?«

»Bei mir oder bei dir?« äffte Annabell nach.

Biggi sah sie ganz freundlich an. Annabell konnte weiß

Gott nichts gegen sie vorbringen, außer daß sie sich mit Daniel abgab und aus Bochum stammte.
Daniel aber fuhr wie eine Furie seine Schwester an, ohne jedoch Biggis Pfote loszulassen. »Was soll dieser impertinente Unterton?« fragte er.
»Ich habe dich nur nachgemacht«, sagte Annabell sanft wie ein Lamm. »Es kam mir vor wie eine Einladung zu einer Fernsehsendung mit dem Titel ›Ganz ohne Hemmungen‹.«
»Du verkennst mich«, jammerte Daniel. »In diesem Sinne bin ich noch Jungmann.«
Röschen machte ihrem Namen alle Ehre und errötete tief. Biggi hob ihre Schnute gen Himmel, und alle Umstehenden hörten mit ihren belanglosen Gesprächen auf und starrten Daniel an. Als ob er was Besonderes wäre.
Als es zur nächsten Stunde schellte, setzte schlagartig ein Strichregen ein. Die Schüler stürzten zum Gebäudeeingang, als ob sie etwas Wichtiges verpassen könnten, dabei ging nur das tägliche Einerlei weiter. Das Gewühl war groß. Wenn man nicht aufpaßte und Glück hatte, konnte man Stunden damit verbringen, sich vergeblich in die Schule zu drängen.
Annabell bemühte sich, in die Nähe von Lindas Klassenkameraden zu gelangen. Als sie es einigermaßen geschafft hatte, meinte sie, die Luft einzuatmen, die Finn Rückert ausgestoßen haben mußte. Seine Augen ruhten nur kurz auf ihrem Gesicht. Sie schaffte es, seinem Blick standzuhalten, bohrte sich in seine Augen hinein, und er konnte nicht anders, als »hey« zu sagen. Das war Magie!

Von diesem Augenblick lebte Annabell in den nächsten Stunden. Noch als sie zu Hause angekommen war, ziemlich durchnäßt trotz des aufgespannten Regenschirms, war sie in Hochstimmung. Auch die Tatsache, daß ein Freitagnachmittag bevorstand, brachte sie nicht von ihren schwebenden Gefühlen runter.

Sie begrüßte Frau Moll mit einem weichen Kuß auf die Backe. Der Kuß schmeckte nach einer Mischung aus Babypuder und Vanillepudding.

Frau Moll schrie leicht auf, als ob die kühle, nasse Berührung sie erschreckt hätte. Dann deutete sie wie angeekelt auf Annabells Regenschirm und die Wassertropfen, die dick und geräuschlos von den einzelnen Metallstreben auf den Teppichboden fielen. Annabell lief zur Terrassentür und spannte den Schirm mit einiger Mühe auf. Der Regen hatte selbst den überdachten Teil der Terrasse nicht verschont, jagte jetzt auch noch Schauer auf die Terrazzoplatten, so daß Annabells Ansinnen, den Schirm irgendwo zum Trocknen aufzustellen, an dieser Stelle glatt zum Scheitern verurteilt war. Es veranlaßte Frau Moll zu einer einzigen Bemerkung. »Kinder sind manchmal auch doof«, sagte sie.

Der Freitagnachmittag gehörte zu den scheußlichsten Erfindungen der Familie Moll. Frau Moll, die an und für sich die Kinder gern sich selber überließ, hatte diesen Tag dazu bestimmt, das Haus vor dem Wochenende in Ordnung zu bringen. Sie war zwar berufstätig, aber damit anscheinend nicht vollständig ausgelastet. Mit einer Freundin zusammen betrieb sie eine Art Fachgeschäft für Dekorationsartikel. Sie versuchte also, vollkommen unnütze Dinge wie

Seidenblumensträuße, goldgespritzte Steinbilder und Metallskulpturen an den Mann oder eher an die Frau zu bringen, auch wallende, exotisch aussehende Wandbehänge, die sie für künstlerisch wertvoll hielt. Frau Moll hatte, solange Annabell denken konnte, ihren Kindern den Eindruck gegeben, daß sie emanzipiert waren, *die Kinder*, und jeder Freitag war Härtetest, den die Moll-Kinder nicht immer zur vollen Zufriedenheit bestanden.
Sie saßen mittags in der Küche und löffelten lustlos eine spärliche Nudelsuppe. Alle warteten auf den Startschuß. Daniel hing tief über seinen Suppenteller gebeugt. Die Brüheinlage mußte ihn sehr interessieren. Linda tat, als ob ihr Magen brechend voll wäre und sie gleich Bauchschmerzen bekommen würde. Eine derartige Attacke würde sie verständlicherweise von jeglicher Arbeit befreien. Annabell hatte sowieso den Verdacht, daß die körperliche Ertüchtigung zum Wohle aller nicht gerecht verteilt war. Herr Moll zum Beispiel hatte es verstanden, sich auch noch am Freitagnachmittag Unterricht aufbrummen zu lassen. Sicherlich, er sorgte anschließend für die Getränkekisten, Mineralwasser, Zitronensprudel und manchmal, wenn er gut gelaunt war, auch noch ein, zwei Tragen voller Malzbier. Komischerweise hatte Annabell das Gefühl, daß Kistentragen leichter sei als Toilettenreinigen oder Fußbödensaugen. Vielleicht irrte sie sich da.
Frau Moll seufzte tief, und Annabell machte es ihr nach. Das war der Auftakt zur wöchentlichen Reinigungsaktion.
Linda schaute angewidert von einem zum anderen. »Zwei Dumme, ein Gedanke«, stieß sie hervor.

Annabell fand die Bemerkung unpassend. »Halt dein Schlappmaul«, sagte sie. »Schau dir Mama an. Wie müde sie aussieht. Vielleicht solltest du dich hinlegen, Mama, ja wirklich, oder setz dich in den Sessel und lies was. Wir machen alles allein. Auch noch bügeln, wenn du willst.«
Frau Moll sah ihre jüngste Tochter – Annabell war sieben Minuten nach Linda geboren – ziemlich entgeistert an. »Das funktioniert nicht«, sagt sie. »Ich weiß das.«
»Oder…« sagte Linda. »Können wir nicht morgen…?«
»Das funktioniert nicht«, wiederholte Frau Moll. »Ich weiß das.«
»Okay«, sagte Daniel und stand als erster auf. »Wie immer?«
»Wie immer«, sagte Linda und machte Anstalten, sich in das Untergeschoß zu verkrümeln.
Daniel war für das Erdgeschoß zuständig und Annabell für das obere Stockwerk. Frau Moll reinigte die sogenannten sanitären Anlagen, eine Tätigkeit, vor der sich jeder andere zu drücken verstand. Aber Frau Moll meinte, sie habe schon genug Babyscheiße anfassen müssen, so daß ihr die Rolle als Klofrau nichts ausmachen würde.
»Fünfzig Pfennig für jede nicht gemachte Aufgabe«, gab Frau Moll noch als Warnung mit auf den Weg und schüttelte das Familiensparschwein. Sie hätte aber längst kapieren müssen, daß sie als ernsthafte Autorität nicht in Frage kam. Daniel warf ihr grinsend eine Kußhand zu, und Linda schob sich den Kopfhörer ihres Walkmans über.
»Eigentlich hatte ich es vorhin ernst gemeint«, sagte Annabell und sah die Mutter mitleidig an. Die band sich das Haar zurück, und man konnte meinen, daß ihr Schopf aus

Waschbärenfell bestand. Frau Moll hatte die verschiedensten Farbtöne auf ihrem Kopf aufzuweisen, und das von Natur aus: hellblond, aschbraun, kupferrot, silbergrau, schneeweiß. Letzteres noch im erträglichen Maße. Daß sie die Haare von Waschbären geerbt haben mußte, war im letzten Winter herausgekommen, als sie sich mit Hilfe des kompletten Familienrates eine wetterfeste Sportjacke mit Fellbesatz gekauft hatte. Man hatte mit einiger Verwunderung zur Kenntnis nehmen müssen, wie harmonisch Fell und Kopfbehaarung einander entsprachen.
»Schon gut«, akzeptierte Frau Moll Annabells gutgemeinten Worte, griff dann aber ohne jegliche Liebesbeweise in Annabells Richtung zum Scheuerpulver.
Annabell nahm sich des Obergeschosses an. Von hier aus konnte sie jederzeit die Stadt mit dem Fernglas nach Geschichten absuchen und, nach fünfzehn Uhr, Finn Rükkert beobachten, der in seinem eigenen Trott gefangen war.
Daniels Stimme, die ein *Let it be, let it be* intonierte, klang heiser und wie halbwegs gebrochen durchs Haus.
Annabell stöpselte den Staubsauger ein und versuchte, es sich so leicht wie möglich zu machen. Nur mit der linken Hand schob sie den Sauger vor und zurück. Einer ihrer Straßenschuhe hatte sich unter dem Sofa hervorgewagt und war auf das Elektrokabel geraten. Er bewegte sich tänzerisch durch das Zimmer, und Annabell sah fasziniert zu, bis sie aufschreckte, weil sie fast noch Finn Rückert verpaßt hätte, der nun die abschüssige Straße herunterraste und das Wasser der hellen, den Himmel spiegelnden Regenpfützen blitzschnell trennte.

Wenn er doch einmal hochschauen würde! Dann könnte, dann würde, dann käme... dann wäre es der Himmel auf Erden... Quatsch! Annabell wußte, daß sie mit Finn Rückert eigentlich nichts anfangen konnte. Der liebe Gott hatte sich einfach vertan und ihr Gefühle geschickt, mit denen er besser noch ein paar Jahre gewartet hätte. Wohin sollte sie jetzt mit diesen Gefühlen? Sich auf Finn Rückert werfen und ihm das Ohr anknabbern? Oder die Haut, die kleine Kuhle unter dem obersten Hemdknopf zwischen Schlüssel- und Brustbein besabbern? Mit ihm über Liebe reden? Oder gar – über Sex? Was um alles in der Welt fängt man als Dreizehnjährige mit der einzig wahren Liebe an?

Um vier Uhr endlich hatten alle, die dem Hausputz gefrönt hatten, die Nase voll davon. Sie kamen aus ihren Löchern hervor und versammelten sich nach und nach in der Küche. Frau Molls Waschbärenzopf hatte sich halb gelöst. Sie sah nun aus wie eine ärmliche Farmersfrau aus dem mittleren Westen, und Annabell strich ihr über den Kopf. »Ich bin noch keine fünfzig«, sagte Frau Moll. »Und den Opernball habe ich für heute auch schon abgesagt.«

Gleich würde Herr Moll kommen. Da er den Anblick von Staubsaugern und Reinigungsgeräten wie alle in der Familie haßte, beeilten sie sich, die Beweismittel ihrer Aktion zu verstauen. Nur einige Alibistücke wie Lederlappen und Fliesenschwamm ließen sie wie zufällig liegen, damit er Bescheid wußte, daß seine Familie den Tag sinnvoll zu nutzen verstanden hatte.

Haben wir Geld?

Frau Moll versuchte, dem Rest des Nachmittags einen gemütlichen Anstrich zu geben. Annabell sah amüsiert zu, wie sie sich abquälte, dem Radio einen Ton zu entlocken. Vergebliche Liebesmüh. Die Musikanlage blieb hartnäckig und schwieg sich aus, obwohl die Mutter schon auf Knien davor hockte und auf der Fernbedienung Xylophon spielte. »Annabell«, jammerte sie schließlich und wandte den Kopf.

Annabell blieb gelassen und unternahm einen weiteren Versuch, ihre direkte Vorgesetzte im Gebrauch der elektronischen Technik zu unterweisen. Sie hatte es gern, wenn Erwachsene schwache Momente zeigten.

»Drücken Sie erst auf Power, *Pooo-waaa,* und dann auf Tuner, *Tuuu-naaa*. Oder sagen Sie Ihrem Mann, er soll es Ihnen gelegentlich beibringen.«

»O Annabell, du weißt doch, wie ungeduldig Papa ist!«

»Mama!« schrie Linda. »Auch wenn sie deine Lieblingstochter ist, solltest du dich langsam darauf vorbereiten, als Pflegefall ins Altersheim zu gehen. Von ihr ist keine Hilfe zu erwarten.«

»Aber ich habe doch dich, mein Schätzchen«, meinte Frau Moll und war glücklich, plötzlich Phil Collins' Stimme aus dem Lautsprecher zu hören: »Jesus, he knows me.«

»Es geht nichts über ein Erfolgserlebnis«, kommentierte Daniel die Sache.

»Komm mal her«, befahl Frau Moll und starrte Daniel gierig an. Daniel war verunsichert und machte prompt einen Schritt rückwärts. Seine Mutter stützte eine Hand aufs Knie und hievte sich hoch. »Seh ich recht oder seh ich nicht recht?« fragte sie geheimnisvoll.

»Ist was?« fragte Daniel. »Was ist?«

Frau Moll zog ihren Sohn ans Fenster, hob sein Kinn mit einem Finger leicht an und ließ Tageslicht auf sein Gesicht und seinen Hals fallen.

»Hat er endlich Masern bekommen?« wollte Linda wissen. »Es ist Zeit dafür, bevor er tatsächlich in die Pubertät kommt. Obwohl ich davon überzeugt bin, daß er diese wichtige Lebenserfahrung überspringt.«

»Wird er dann schwul?« fragte Annabell.

»Ich möchte nicht, daß ihr ihn schädigt«, warnte Frau Moll ihre Töchter und sah fasziniert auf Daniels Hals. Annabell und Linda begutachteten ebenfalls ihren Bruder. Dann sprach Frau Moll es aus: »Du hast einen dreckigen Hals, Daniel.«

Das war der beste Beweis dafür, daß der Bruder tatsächlich noch Jungmann war. Spätestens seitdem Annabells Blick auf Finn Rückert gefallen war, hatte sie angefangen, Reinigungsritualen zu verfallen. Jungen waren bekannterweise Lichtjahre von Mädchen entfernt.

Daniel überließ sich standhaft den Blicken der Moll-Frauen. »Ich weiß nicht, was ihr habt«, sagte er. »Das ist harte Haut.«

»Das ist Dreck.« Frau Moll bestand darauf.

»Das ist Restbräune von den letzten Sommerferien«, versuchte es Daniel.
Seine Mutter schleppte ihn ins frisch gesäuberte Badezimmer und griff nach Schwamm und Essigreiniger. Würde sie es wagen?
Aber ja. Sie scheuerte Daniels Hals schaumig weiß und dann rot. Er schrie um Hilfe. »Ich hab in der Französischarbeit eine Vier bekommen.«
»Versuchst du, mein Mitleid zu erregen?« wollte Frau Moll wissen.
»Ehrlich«, sagte Daniel. »Eine Vier. Was sagst du dazu?«
»Er lügt«, mischte sich Linda nun ein. »Die Vier hat er von mir geklaut. Nicht er, sondern ich habe heute eine Vier zurückbekommen.«
Frau Moll sagte gar nichts. Sie hielt Daniel wie ein Schaf, das geschoren werden soll, am Schopf und wischte mit dem Schwamm über seinen Kehlkopf, immerhin mit der weichen Seite.
Annabell spielte derweil Basketball ohne das nötige Zubehör. Sie sah aus wie ein chinesischer Schattenboxer. Mit einem Schlag zerhämmerte sie die Badezimmerlampe. Die Familie fuhr zusammen.
Daniel nutzte die Schrecksekunde und flüchtete, und Annabell sah ihre Mutter ängstlich an. »Sagst du's Papa, oder muß ich es ihm sagen?«
»Wir arbeiten in dieser Familie nach dem Verursacherprinzip«, meinte Frau Moll und sah bedrückt aus.
Annabell holte Schaufel und Handfeger, um die schöne Bescherung zu beseitigen. Ihre Schwester ließ Badewasser ein und vergeudete ein halbes Glas von Herrn Molls

orangefarbenem Badesalz. Es roch süß und sauer zugleich. Das rauschende Wasser galt als Hinweis, daß der Rest der Familie das Badezimmer zu verlassen hatte. Aber so einfach wollte sich Annabell nicht vertreiben lassen. Alle hatten den gleichen Anspruch auf dessen Nutzung, und sie begann, nachdem sie den Handfeger auf die Schaufel gelegt und beides auf dem Toilettendeckel positioniert hatte, ihre Augenbrauen zu zupfen, die entschieden zu breit waren, wenn sie sich mit Finn Rückerts Augen betrachtete.

»Nicht so viel«, riet Frau Moll.

»Ich kann mich so nicht ausstehen«, sagte Annabell.

»Aber du siehst süß aus«, sagte Frau Moll.

»Ich will nicht süß aussehen«, knurrte Annabell, »sondern kalt und unberechenbar«, und verengte ihre Augen zu schmalen Schlitzen, um sich einen mysteriösen Anstrich zu geben. Dann nahm sie den Rasierapparat von Herrn Moll und ließ ihn über ihr Schienbein gleiten. Sie hatte auf den Unterschenkeln Haare wie ein Gorillababy.

»Aber laß doch, Kind«, heulte Frau Moll. »Das hast du doch vererbt bekommen. Papas Beine sehen doch genauso aus.«

»Papa braucht ja auch keinen Minirock anzuziehen«, meinte Annabell ungerührt.

»Ich verstehe diese ganze Pubertätsgeschichte nicht«, klagte Frau Moll.

»Pubertät ist, wenn die Eltern anfangen, schwierig zu werden«, klärte Linda auf. »Raus hier«, fügte sie hinzu. »Ich will baden.«

Daniel hielt die Tür extra weit auf.

»Daniel«, versuchte Annabell ihrer Schwester zu helfen. »Wir sind Frauen.«
»Was heißt das?« fragte Daniel.
Wer nicht hören will, muß fühlen: Annabell war gezwungen zu petzen. »Daniel will sich heute abend mit Biggi *Police Academy* ansehen«, sagte sie in die Luft hinein. Daniel machte tatsächlich sofort Anstalten zu verschwinden.
»Was soll das?« fragte Frau Moll.
»Nebeneinander auf dem Sofa sitzen«, sagte Annabell.
»Ich möchte mal etwas klarstellen«, sagte Frau Moll mit fester, lauter Stimme, damit Daniel mithören konnte. »Was immer ihr tut: Niemand hier ist bereit, in naher Zukunft Großmutter zu werden.«
»Daniel?« fragte Annabell. »Bist du bereit, in naher Zukunft Großmutter zu werden?«
Daniel machte ein undefinierbares Geräusch.
»Und wenn's Liebe ist?« fragte Linda und schlug mit der Hand ordentliche Schaumberge ins Badewasser.
»Was?« fragte Frau Moll.
»Daniel und Biggi«, sagte Annabell. »Was ist, wenn's Liebe ist?«
»Erklärt mir mal, was Liebe ist«, forderte Frau Moll ihre Sprößlinge auf.
Linda warf Schwamm und Seifendose ins Wasser.
»Liebe ist«, sagte sie, »wenn jemand dich mit seinen starken Armen festhält.«
»Und mit dir auf einem wilden Pferd durch die Prärie reitet«, spann Annabell Lindas Idee weiter. Sie kannte ihre Schwester gut.

Linda bestätigte Annabells Menschenkenntnis. »Jaha«, sagte sie.
»Liebe ist was ganz anderes«, sagte Annabell.
»Tatsächlich?« fragte Frau Moll neugierig, als ob sie's wirklich wissen wollte.
»Liebe ist… ja was… streicheln… und berühren… oder so.«
»Eia, eia«, kommentierte Daniel Annabells Definition.
»Hach du«, regte Annabell sich auf. »Für dich ist Liebe Küssen. Im Ernst, Mama, er benimmt sich wie ein Weltmeister im Küssen. Was sagst du dazu?«
»Es gibt *solche* Küsse und *solche* Küsse«, sagte Frau Moll.
»Ich meine *solche* Küsse«, sagte Annabell.
»Du petzt«, sagte Daniel. »Mama, Annabell petzt.«
»*Solche* oder *solche*«, sagte Frau Moll. »Das ist egal. Ich stehe jedenfalls auf dem Standpunkt, daß nur der seinen Führerschein in Sexualität bekommt, der erwachsen ist«, sagte Frau Moll.
»Mit achtzehn«, behauptete Daniel.
»Mit achtzehn ist man nicht erwachsen«, sagte Frau Moll.
»Warst du eigentlich hübsch, als du dreizehn warst?« fragte Annabell.
»Sie ist *jetzt* noch hübsch«, warf Daniel dazwischen.
In diesem Moment hörten sie die Haustür ins Schloß fallen. Herr Moll war nach Hause gekommen. Daniel verschwand auf der Stelle. Linda blieb allein im Bad, und Annabell lief in ihr Zimmer. Dort steckte sie ihre Nase in die traurige epische Erzählung einer russischen Adeligen. Frau Moll, das sah sie noch, eilte ihrem Mann wie beflü-

gelt entgegen. Die Eltern küßten sich mit einem schlürfenden, schmatzenden Geräusch.
»Was machen die Kinder?« fragte Herr Moll. Er hatte sich einen schleppenden, extra tiefen Ton auf die Stimmbänder gelegt. Seine Frau schien die Bedeutung dieser besonderen Tonart noch nicht erkannt zu haben, aber Annabell horchte auf.
»Du wirst eine Zeitlang auf sie verzichten müssen«, meinte Frau Moll. »Daniel hat sich in sein Zimmer verkrochen. Er hat eine Vier in Französisch, soweit ich die Sache durchschaut habe. Linda hat sich Badewasser eingelassen, und deine jüngste Tochter liest *Anna Karenina*, und das ist sooo dick.« Mit einem leicht koketten Unterton fügte sie hinzu: »Wir sind also allein.«
»Ich hatte einen Unfall«, sagte Herr Moll.
»Mein Gott«, rief Frau Moll.
Annabell klappte ihr Buch zu, klopfte an die Badtür und raunte: »Papa hatte einen Unfall. Beeil dich.«
Dann ging sie doch ins Bad hinein und schob die Schaufel mit den Lampenscherben hinter den hellblauen Abfalleimer, um sich und den Vater zumindest vorerst noch zu schonen.
Linda rauschte wie Neptun aus dem Wasser und entstieg der Wanne. Sie riß an der Kette, um den Stöpsel zu lösen, und all das Wasser mit Vaters gelöstem Badesalz verschwand sprudelnd und röhrend im Abfluß.
»Das machst du aber noch sauber«, sagte Annabell und zeigte auf den hellen Schaumrand in der Wanne.
»Die ist sauber«, betonte Linda. »Ich habe mich ja gar nicht abgeseift.«

»Das sag ich Mama«, drohte Annabell und unterstrich durch energisches Kopfnicken ihre Absicht. Dann lief sie die Treppe hinunter ins Wohnzimmer, und Linda, die sich ihren Bademantel übergeworfen hatte, folgte ihr auf dem Fuße.
Herr Moll hielt die Fernbedienung der Stereoanlage in der rechten Hand und drückte den Ton ab. Er hatte einen ziemlich roten und verschwitzten Kopf.
»Was ist passiert?« fragte Frau Moll.
»Es ging alles so schnell«, sagte Herr Moll. »Und die Straße war vom Regen noch glatt.«
»Deswegen sagen sie ja auch immer: Bei Schnee und Regen angepaßt fahren«, mischte Linda sich ein.
Frau Moll schoß ihr einen wilden Blick zu, und Linda hob erschrocken die Hände vor den Mund.
»Aber du hast keine Schuld?« sagte Frau Moll, und das Fragezeichen in ihrer Stimme widersprach dem eigentlichen Sinn der Aussage.
Herr Moll hielt es wohl für das beste, gleich mit der Wahrheit rauszurücken. Was sollte ihm denn auch geschehen. Seine Familie, das wußte er, würde zu ihm stehen, in guten wie in schlechten Zeiten. Er bekannte sich also schuldig.
»Dem anderen ist der Kofferraum eingedrückt, Ziehharmonika, und bei uns ist die Schnauze platt.«
Nun lag die Wahrheit nackt vor ihnen, und Daniel, der endlich auch den Weg zu ihnen gefunden hatte, bewegte abwägend seinen Kopf, als ob irgend jemand Wert auf seine Ansicht legen würde.
»Nun ja«, sagte Frau Moll und legte tröstend ihre Hand auf

Herrn Molls Unterarm. »Wenn keiner verletzt ist, dann ist es ja nur halb so schlimm. Und wir sind ja versichert.«
»Das schon«, sagte Herr Moll. »Aber ich könnte mich in den Hintern beißen.«
Das war ein starker Ausdruck für jemanden wie Herrn Moll, so daß Annabell das Gefühl beschlich, daß diese Geschichte noch einen Haken hatte.
»Ich habe vor drei Monaten die Kaskoversicherung gekündigt«, erläuterte Herr Moll den Grund für seinen sprachlichen Ausrutscher.
Außer Frau Moll verstand keiner, um was es ging. Herr Moll mußte einen Vortrag über das Versicherungswesen im allgemeinen und die Kraftfahrzeughaftpflichtversicherung im besonderen halten. Er führte anhand von Beispielen aus, daß sich, rein rechnerisch, von einem bestimmten Punkt an das Risiko eines zu tragenden Unfallschadens mit der finanziellen Belastung durch die Versicherungsprämien die Waage hielt. Dieser Punkt war vor drei Monaten bei ihm erreicht gewesen. Und über diesen Punkt war er heute gestolpert.
»Und wenn du dich nicht für schuldig erklärst?« fragte Linda. »Im nachhinein? Und der andere seine Ziehharmonika selber wieder glattbügeln muß?«
»Das sind Tricks von so manchen Leuten«, sagte Herr Moll und schüttelte angewidert den Kopf.
»Also«, sagte Daniel. »Das Auto ist wohl im Arsch.«
»Dann kaufen wir eben ein neues Auto«, rief Linda und sprach das Unvermeidliche aus.
»Dazu wird es wohl kommen müssen«, meinte Herr Moll und fügte hinzu: »Aber das kostet Geld.«

»Haben wir Geld?« fragte Annabell.
Das war eine einfache Frage. Das Thema *Geld* gehörte aber in den Intimbereich von Herrn und Frau Moll, und, statt zu antworten, stand Herr Moll jetzt auf und maß mit großen Schritten den Wohnraum aus. Glücklicherweise schellte es nun an der Haustür, passend und vollkommen unpassend. Daniel ließ Biggi rein, die ihren Fernsehabend bei Familie Moll verbringen wollte, mit Daniel neben sich auf dem Sofa.
Biggi reichte den Moll-Eltern die Hand. Sie hatte zwei große Hasenzähne, so daß ihre Lippen immer leicht geöffnet schienen.
»Hallo«, sagte sie und sah freundlich in die Runde.
»Grüß dich, Hase«, sagte Annabell in Gedanken.
Herr Moll nahm Biggis Wunsch nach einem gemeinsamen Fernsehabend zur Kenntnis. Angesichts der Familientragödie aber überredete er Biggi und seinen Sohn, statt dessen ins Kino zu gehen. Es bedurfte keiner langen Erklärung, Daniel und seinen Hasen zu überzeugen.
»Ja, ja«, konnte Annabell sich nicht verkneifen, als die beiden mit ziemlich unverhohlener Freude abzogen. »Und manche Leute haben einfach Glück.« Dann überlegte sie, wann der passende Moment sein würde, die Folgen ihres Basketballspiels zu bekennen. Jetzt nämlich.
Herr Moll war nicht sonderlich beeindruckt; er strich ihr mit der Hand über den Kopf, und Annabell begriff, alles war eine Frage des richtigen Zeitpunkts: Heute gehörte sie auch zu den Leuten, die einfach Glück hatten.
Linda wollte ihre gute Tat des Tages vollbringen und trug den Mülleimer raus. Besser, man ließ die Eltern jetzt

allein, damit sie ihr Geld zählen konnten. Herr Moll sah merkwürdig unglücklich aus.
Es war fünf Uhr dreißig, und Annabell folgte ihrer Schwester nach draußen. Glückstag! Mit zugebundenen Augen würde Annabell ihn am Geräusch des heranrollenden Skateboards erkennen: Finn Rückert.
Finn erkannte Linda im letzten Moment. Er stoppte seine Fahrt, indem er das Board plötzlich nach hinten kippte, und fast gleichzeitig sprang er wie ein Leopard vom Brett und landete gefährlich nah an der Bordsteinkante, daß Annabell schon meinte, ihn auf der Schnauze landen zu sehen.
Die Moll-Schwestern sahen also ziemlich atemlos zu, wie Finn sich im letzten Moment noch fangen konnte und das Skateboard hochsausen ließ. Er versuchte, es im Flug mit einer Hand aufzufangen, griff zweimal zu, aber das Brett war schneller: Es fiel krachend gegen die niedrige Backsteinmauer, die den Garten der Molls vom Fußweg trennte. Nun ja, nicht jeder war allzeit ein Held.
»Hey«, sagte Finn zu Linda und keuchte wie ein Weltmeister. »Ich habe gar nicht gewußt, daß du hier wohnst.«
»Ist aber so«, sagte Linda. Sie öffnete und schloß dreimal den Mund, als ob sie sich zu reden entschlossen und diese Entscheidung gleichzeitig bedauert hatte. »Scheiß-Französischarbeit heute«, sagte sie dann doch. »Was hast du noch mal?«
Was für eine gute Tat von ihrer Schwester, einfach von der Französischarbeit zu sprechen. Was für ein wunderbarer Tag!
Annabell konnte nicht anders, als Finn wie eine Blöde an-

zustarren. Es war eine einzigartige Gelegenheit, mit diesem Menschen nähere Bekanntschaft zu schließen, aber der Weg dazu mußte über Linda gehen. Ältere Schwestern, auch wenn sie nur sieben Minuten früher das Licht der Welt erblickten, haben nichts im Kopf, zumindest sind sie phantasielos wie Sofafüße. Annabell versuchte, Linda auf die Sprünge zu helfen, gab ihr Stichworte, geniale Hinweise für den Weg zu einer wunderbaren Freundschaft, aber Linda war seltsamerweise an Jungen nicht interessiert. Daß andere Leute, Leute wie Annabell, anders veranlagt sein könnten, darauf kam Linda nicht.

Nachdem sie sich freigeräuspert hatte – ein Schleimpfropfen schien ihr die Kehle verklebt zu haben –, machte Annabell Vorschläge. »Ist es nicht besser, mal zusammen Französisch zu lernen? Zwei Köpfe sind besser als einer.«

»Ich hab schon mal versucht, mit Daniel Französisch zu lernen«, sagte Linda, verdarb dann aber alles: »Besser eine ehrenhafte Vier als eine Drei nach einem nur mühsam überstandenen Zweikampf mit einem Bruder.«

»Ich rede nicht von Daniel.«

»Nicht?« fragte Linda. »Sonst fällt mir keiner ein. Außer Papa. Aber da verzichte ich lieber. Der würde mich in Grund und Boden stampfen, wenn er wüßte, daß ich die unregelmäßigen Verben immer noch nicht in- und auswendig kann.«

»Bei mir bleiben die unregelmäßigen Verben auch nicht hängen«, meinte Finn und grinste.

Annabell hatte nun die Chance, ihre Hilfe anzubieten, aber unregelmäßige französische Verben waren leider

auch nicht ihre starke Seite. So mußte sie zurück zu den Anfängen.
»Ich meine auch nicht Daniel. Ich meine, wenn zwei mittelmäßige Charaktere sich zusammentun, dann kann auch was Gutes draus werden.«
»Was soll überhaupt dieses ganze Gequatsche?« fragte Linda. »Seit wann redest du in abgedroschenen Phrasen, wie Papa es immer in seinen Pädagogik-Vorträgen tut?«
»Seitdem ich mit ihm verwandt bin, du Dämel«, sagte Annabell frustriert.
»Ach so?« machte Linda in einem Ton, als ob sie an Annabells Worten zweifelte.
Finn schien das, was Annabell in den letzten Minuten einzufädeln versucht hatte, auch nicht zu kapieren, und sah mit ruhigen, grauen Augen Annabell an. Sie hatte bisher nicht gewußt, welche Faszination die Farbe Grau haben konnte.
»Ich meine«, und jetzt mußte Annabell direkt werden, »ich meine, ihr könntet euch doch zusammentun und Französisch büffeln. Und vielleicht würde ich dann auch mitmachen«, fügte sie beiläufig hinzu, »wenn ich mal Zeit haben sollte.«
»Ach nö«, sagte Linda, und Finn Rückert wagte es, in dieselbe Kerbe zu hauen.
»Keine gute Idee«, sagte er.
»Wieso?« stieß Annabell voller Verzweiflung aus.
»Dann müßte ich ja was *tun*«, sagte Linda. Sie schüttete den Inhalt des Kücheneimers in die Abfalltonne. Eine Geruchswolke von verrottenden Apfelschalen, Kohlresten und kalten Nudeln mit Tomatensoße stieg hoch. Finn

sagte völlig unpassend: »Irgendwas riecht hier aber gut.«
Linda starrte ihn fasziniert an. »Es ist Müll, Finn Rückert«, erklärte sie ihm liebevoll.
»Riecht wie Essen.« Finn war beharrlich. »Riecht wie Pfannkuchen mit Apfelmus, wie Kohlrouladen und wie Makkaroniauflauf.« Er sah mit einem erbarmungswürdigen Blick auf die Mülltonne.
Linda hob den Deckel der Abfalltonne noch einmal an und schaute ins Innere, als ob sie sich vergewissern wollte, daß sie auch wirklich den Müll weggeworfen hatte. Dann schüttelte sie den Kopf und ließ den Deckel zuknallen.
Annabell hatte sich auf das Treppengemäuer gesetzt. Sie prustete los, weil Finn Rückert so aussah, als sei er vollständig mißverstanden worden. Mit den Fingerspitzen zupfte er verlegen an seinem Halstuch mit dem komischen weißen Muster herum.
Es gab einen äußerst peinlichen Moment, weil niemand was zu sagen wußte. Finn, das sah Annabell genau, schluckte dreimal kurz nacheinander. Sein scharf hervortretender Adamsapfel rutschte rauf und runter. Es sah rührend aus. War ihm das Wasser wegen der Kohlrouladen so sehr im Munde zusammengelaufen, daß sein Körper überaus deutlich *Hunger* signalisierte? Und wenn er schon niemanden zu Hause hatte, der ihm Löcher in den Bauch fragte: Gab es denn keinen, der ihn ordentlich bekochte? Und dann war Linda ebenso trickreich wie ihr Bruder, als sie sagte: »Bei uns gab es heute Makkaroniauflauf mit Schinken, Käse und Tomatensoße aus dem Backofen.«

Finns Adamsapfel schoß auf und ab wie wild geworden.
»Bei uns gab es Erbsensuppe mit Speck aus der Mikrowelle«, stieß er hervor.
Annabell konnte nicht anders, als ihn mitleidsvoll anzusehen. Herrgottnochmal, was sollte sie machen? Ihn wie einen armen Hund zum Essen einladen?
Linda drehte sich nun um in Richtung Haus und erklomm die Steinstufen. Finn ging schon rückwärts und bückte sich nach seinem Skateboard. Niemand hielt ihn auf. Er warf ein »tschau« hin und setzte sich dann vorwärts in Bewegung, eine schmale, bewegliche Figur, die sich bald, so ganz ohne Fernglas, in ein Strichmännchen verwandelt hatte.
»Blödmann«, sagte Annabell leise, als ob das helfen würde. Was blieb, war ein Paar blaßgraue Augen, und deutlich sah sie auch das Halstuch vor sich, schwarz mit dem komischen weißen Muster, das Weiß war aber eher beige, mit der Zeit dunkler geworden, beige oder grau. Eierschalenfarben. Sie würde den ganzen verbleibenden Abend dran denken müssen, ach, eher noch an diese Augen.

Ein prachtvolles Paar

In den Tagen nach Herrn Molls Unfall, als feststand, daß das Auto nicht zu reparieren war, machte die Familie die unterschiedlichsten Vorschläge, das Problem zu lösen. Da aber die Familie erwartungsgemäß nicht auf einen Nenner zu bringen war, entschied sich Herr Moll, ohne die Hilfe der anderen mit der Sachlage fertig zu werden.
Eines Tages, an einem seiner freien Nachmittage, stand das neue Auto vor dem Haus.
Die Familie fand vor lauter Bewunderung keine Worte; alle liefen sprachlos um das Fahrzeug herum mit Gesichtern, die die unterschiedlichsten Empfindungen zum Ausdruck brachten.
Das Auto war ein sechs Jahre alter Ford mittlerer Größe von unscheinbarer Farbe, silbergrau außen, anthrazit innen. »Er hat bisher einer Krankenschwester gehört«, erklärte Herr Moll und verbesserte sich, als ob die Sache dadurch annehmbarer wurde: »... einer Diakonisse.«
Willi Winter, der Nachbar zur linken Hand, der sich das Ereignis nicht entgehen lassen wollte und ebenfalls die Neuerwerbung der Familie Moll begutachtete, schlug dem Vater auf den Rücken. »Mensch, Richard, warum hast du nicht ein Wort gesagt? Für das Geld hätte ich dir sicherlich was Anständiges besorgen können. Ich kenne

doch den besten Gebrauchtwagenhändler der Stadt. Was hast du denn bezahlt?«

Das reichte. Nach Willi Winters Worten schloß die Familie das neue Auto mitsamt dem Vater in ihr Herz.

»Willi«, sagte Frau Moll, bevor ihr Mann noch auf die Idee kam, die zuletzt gestellte Frage zu beantworten, »wir haben uns das Auto ausgesucht, weil es am besten unsere Philosophie wiedergibt.«

»Ein Auto hat nichts mit Philosophie zu tun«, widersprach Willi, »sondern mit Image.«

Frau Moll ließ sich nicht beirren. »Wir haben was Solides gesucht, etwas, dessen man sich nicht schämen muß und das uns unsere eigene Persönlichkeit läßt. Weißt du, Willi, es gibt nichts Schlimmeres, als mit einem dicken Wagen herumzufahren, und wenn du aussteigst, denkst du, du bist nackt. Wenn einer von uns aus diesem Ford steigt, ist er da, ich meine, *da*, nicht zu übersehen, er füllt den Raum, er überzeugt die Menschen.«

Annabell hatte das Gefühl, daß Frau Moll sich kurzfristig selber übertroffen hatte. Sie schien alle überzeugt zu haben.

Annabell riß die Tür zum Fond des Wagens auf. Der Ford hatte vier Türen, Donnerlittchen!

Nun konnten alle Moll-Kinder es kaum erwarten, im Innenraum Platz zu nehmen. Linda überschoß dabei ihr Ziel in der Mitte der Rückbank. Um ihr Fahrgestell komplett einzuholen, fuhr sie mit dem Kopf dicht an Annabells Gesicht vorbei, als ob sie ihre Schwester küssen wollte. Annabell drehte sich zur Seite und wartete ab, bis Linda sich untergebracht hatte.

»Hast du in letzter Zeit etwas zugelegt?« fragte sie zischend.
»Hast du doch gehört«, raunte Linda. »Mama hat das eben allen klargemacht, daß ich enorm an Persönlichkeit gewonnen habe.«
»Ich rede von deinem Gewicht«, klärte Annabell sie auf. »Dein Hintern ist fetter geworden.«
»Das nennt man Fraulichkeit«, sagte Linda. »Männer mögen so was.«
»Welche Männer?« fragte Annabell. Hatte sie da etwa was verpaßt? Aber natürlich meinte ihre Schwester nur die Männer aus den Heftchen, rotkarierte Waldburschen und hellhäutige Arztsöhne, die besonders verrückt auf adoptierte Mädchen aus Waisenhäusern waren.
Daniel mußte, um sich hinten reinquetschen zu können, schon ordentlich schieben. Ein Bein hielt er als Schubhilfe auf den Boden gestemmt.
»Mein Gott«, sagte er. »Was seid ihr fett. Wenn ich da an Biggi denke.«
Herr Moll hielt seiner Frau die Tür auf. Das Fahrzeug gab nun deutlich nach; die Federung war also gut, hoffentlich auch die Stoßdämpfer. Leichtes, ausschwingendes Wippen eines Fahrzeugs, das wußte auch Annabell, war ein Zeichen für defekte Stoßdämpfer. Sie traute aber ihrem Vater zu, sich da auszukennen; sie gestand jedem *einen* großen Fehler pro Jahr zu, und die Sache mit dem Unfall müßte eigentlich das Konto von Herrn Moll für dieses Jahr genug belastet haben. Frau Moll kurbelte das Fenster runter (das Auto hatte ja noch nicht einmal elektrische Fensterheber!) und winkte Willi Winters Frau zu, die im

Hauseingang stand und Mutters Geste jetzt als Einladung empfand, den Bürgersteig der Rembrandtstraße ebenfalls mit ihrer Anwesenheit zu bereichern.
Es ist nun Zeit, etwas zu den Winters zu sagen.
Als Familie Moll vor ziemlich genau zehn Jahren in die Rembrandtstraße gezogen war, das heißt seinerzeit das Haus, in dem sie wohnten, gekauft hatten – ein typisches Stadthaus, zweigeschossig mit wenig Vorgarten und Hinterhof, also pflegeleicht –, seinerzeit also wurden Willi Winter, seine Frau Rosalind und seine Katze zu den sprichwörtlich *guten Nachbarn* erkoren. Onkel Willi war Anlageberater, und niemand konnte sich unter dem Beruf etwas vorstellen. Offensichtlich hatten die Winters mehr Geld, als sie für das alltägliche Leben brauchten. Sie hatten inzwischen ihr Haus, das dem Mollschen nicht unähnlich war, schon zweimal streichen lassen, und Onkel Willis Frau kaufte sich jede Woche ein paar Schuhe. Gräßlich farbenfrohe Dinger, denen Familie Moll einigen Gesprächsstoff zu verdanken hatte.
Herr Winter wurde von den Molls als Willi oder Onkel Willi bezeichnet und angesprochen, seiner Frau hingegen hatten die Molls zwei Namen gegeben. *Tante Winter* stand ihr offiziell zu. Der zweite Name durfte nur heimlich und innerhalb des Familienclans ausgesprochen werden. So lieb Onkel Willis Frau auch war, wenn man sie einige Zeit sprechen hörte, war man versucht, die Ohren von innen zu schließen. Ihre Stimme, ein hochgedrehter, sich fast überschlagender, nörgelnder, surrender Sägelaut, bohrte sich in Kopf und Nerven. Dieser aufdringliche Ton erinnerte an einen Insektenschwarm, und so hatte sie den Na-

men *Tante Moskito* bekommen, der aber, wie gesagt, nur für den persönlichen Gebrauch bestimmt war.
Die Winters waren wirklich liebe Leute, entsetzlich offen, was ihre privaten Belange anbetraf, und ebenso entsetzlich herzlich. Die ganze Familie Moll litt mit, wenn beispielsweise Tante Moskito von Hämorrhoiden gequält wurde und sie den Stand der medizinischen Behandlung täglich wie ein ärztliches Bulletin verkündete. Andererseits behandelte sie die ganze Familie Moll mit fast erdrückender Fürsorge, wenn Frau Moll Grippe hatte. Dann meinte sie, ihren unbefriedigten Muttertrieb an den übrigen Familienmitgliedern ausleben zu müssen.
Trotz aller gegenseitigen Zuneigung gab es Dinge, die Onkel Willi und Tante Moskito von der Familie Moll nie erfahren würden. Dazu gehörten die Schulnoten der Kinder, wenn sie unter die Schallmauer von *Vier* fielen, sowie der Verdienst, den Frau Moll mit ihrem Dekorationsgeschäft erwirtschaftete, und ob Herr Moll etwas mit Frau Moll hatte. Dies, soweit Annabell das beurteilen konnte.
Es war nachmittags, gegen sechzehn Uhr, also mitten zur Skateboardzeit. Und gerade in dem Moment, als Tante Moskito durch das geöffnete schmiedeeiserne Tor auf den Bürgersteig trat, kam Finn Rückert die Rembrandtstraße in voller Fahrt herabgeschossen. Es war alles zu spät, obwohl Finn sein Bestes versuchte und ein waghalsiges Haltemanöver eröffnet hatte. Er fuhr schnurstracks auf Tante Moskito zu. Vielleicht konnte auch keiner von beiden, als sie die Situation begriffen hatten, so schnell entscheiden, welche Regelung der Straßenverkehrsordnung

in dieser Situation galt, rechts vor links oder Alter vor Schönheit. Jedenfalls gab es einen Frontalzusammenstoß, wie man ihn sich nicht besser hätte wünschen können: Wumm.

Tante Moskito mußte sich im letzten Moment von der Seitenlage in die Frontposition gebracht haben, denn nun umfing Finn Rückert sie in einer heftigen Umarmung – es blieb ihm gar nichts anderes übrig. Er war kurz vor dieser gewaltigen Begegnung vom Board gesprungen, hatte dem Brett aber den richtigen Kick versetzt, so daß es eine Biegung nahm und vom Bürgersteig auf Molls Haus zuraste, an den Mülltonnen vorbei und auf die Treppe zu. Auf der zweiten Steinstufe fiel es wie tot zurück, alle viere in die Luft gestreckt. Eines der Räder hörte nicht auf, vor sich hin zu rollen, und rollte und rollte, als ob es einem geheimen Befehl gehorchen würde.

Finn Rückert und Tante Moskito gaben indessen ein prachtvolles Paar ab. Durch die Kraft des Aufpralls mußte Finn, ob er wollte oder nicht, in Bewegung bleiben. Er hatte so viel Schwung, daß er mit Tante Moskito ein Tänzchen probierte, und das mitten auf dem Bürgersteig. Sie drehten sich rum und rum, und erst nach einigen Sekunden, in denen Familie Moll und Onkel Willi sprachlos und wie gebannt zusahen, gab eine Seite nach. Vielleicht war es auch das Gefälle der Rembrandtstraße, das beide schließlich zu Fall brachte, bei dem Finn Rückert, ganz Kavalier, zuunterst landete. Tante Moskito fiel also verhältnismäßig weich – so weich eben Jungenknochen von mageren Vierzehnjährigen sein können. Annabell beneidete Tante Moskito ein ganz kleines bißchen.

Tante Moskito versuchte nun, sich aufzurichten, stumm und mit offensichtlicher Anstrengung. Wegen des Gefälles gelang es ihr aber nicht, denn sie lag sozusagen kopfüber.
Finn bemühte sich ebenfalls, von Tante Moskito freizukommen, was deutlich schwieriger war, denn sie war nicht eben die Zierlichste.
Es gab ein Geschnaufe und Gestöhne, bis als erster Onkel Willi zur Rettung seiner Frau herbeigeeilt kam und dann sämtliche Mitglieder der Familie Moll.
»Ach herrjemine, ach herrjemine.« Niemandem fiel ein intelligenterer Kommentar zu dieser ergreifenden Szene ein.
Es war gar nicht so einfach, die beiden Tänzer, die sich auf dem Boden überraschenderweise in Ringkämpfer verwandelt hatten, zu trennen. Aber schließlich standen sie aufrecht, Finn ganz ohne Hilfe und Tante Moskito mit Unterstützung aller Umstehenden. Man klopfte ihr Po und Bauch ab und begutachtete ihre Arme und Hände. Frau Moll richtete ihr mit gespreizten Fingern die Frisur. Danach ging man dazu über, Finn Rückert fertigzumachen. Aller Augen waren auf ihn gerichtet, aber Finn tat das in dieser Situation einzig Richtige: Er entschuldigte sich.
»Tut mir leid«, stammelte er. »Tut mir aufrichtig leid.«
Aufrichtig! Er war fabelhaft.
»Ich weiß nicht, wie das passieren konnte«, fuhr er fort. »Es ist allein meine Schuld.«
Das bestritt nun keiner, aber solch ein Schuldbekenntnis war einfach grandios. Es war die einzige Möglichkeit, aus

einer verfahrenen Situation einigermaßen heil herauszukommen. Annabell stellte sich vor, wie sie ihrem Vater die nächste zu erwartende Fünf in Mathematik beibringen würde: *Ich weiß nicht, wie das passieren konnte. Es ist allein meine Schuld.* Und so weiter und so weiter, anstatt, wie sie es bisher getan hatte, den Lehrern die Schuld zuzuschieben.

»Schon gut, mein Junge«, sagte Onkel Willi, und Herr Moll, der vielleicht froh war, von seiner Schrottkiste ablenken zu können, meinte: »Es ist ja nichts Ernsthaftes passiert.«

Frau Moll stimmte ihm zu. »Es hätte schlimmer ausgehen können«, sagte sie.

Linda meinte: »Der hat immer so'n Glück, haarscharf an 'ner Katastrophe vorbei.«

Frau Moll fragte: »Ach, ihr kennt euch?« Und dann war die Sache gelaufen. Da sein Skateboard schon halb in Molls Haus lag, nahm man Finn Rückert auch gleich mit.

»Auf den Schrecken müssen wir erst mal einen trinken«, sagte Onkel Willi und schob alle in Molls Haus. *Einen trinken* hieß, daß er und Herr Moll sich über Vaters gutes Pils hermachten. Tante Moskito und Frau Moll durften ein Gläschen Sherry zu sich nehmen. Oder zwei. Oder drei. Was schrecklich war, denn ab drei Gläsern fuhr Tante Moskitos Stimme noch eine Oktave höher. *Einen trinken* hieß, daß *die Kinder* Cola bekamen, Cola mit nichts drin natürlich.

Annabell, Linda und Daniel standen mit Finn in der Küche herum. Linda war ein Esel, denn sie wußte nicht, daß sie immer noch das wichtigste Verbindungsglied zu Finn

Rückert war. Sie war zu blöd! Sie sagte nichts, tat nichts, nippte an ihrer Cola, ohne zu ahnen, daß Annabell innen drin verbrannte.

Daniel dachte wahrscheinlich an Biggi, die ihm wohl in dieser Runde fehlte. Annabell, ja, Annabell hätte eigentlich ganz zufrieden sein können. Sie hatte alles, was ihr Herz im Moment begehrte, nur beschleunigen konnte sie die Sache nicht, und das machte sie ein bißchen nervös.

Aber sie genoß den heimlichen Blick auf Finn, obwohl sie so von der Seite nicht viel von seinem Gesicht sehen konnte. Auch seine Augen nicht, die vielleicht das Beste an ihm waren. Nur sein auffälliges Halstuch konnte sie in Ruhe betrachten – schwarz mit dem komischen Muster. Und die Haut darunter war etwas dunkel, so wie Daniels Hals vor ein paar Tagen, bevor Frau Moll ihn mit dem Fliesenschwamm bearbeiten mußte. Hatten Jungs allesamt die gleiche Krankheit?

So kam es, daß Finn Rückert, ohne daß es von Annabell geplant, wenn auch sehr gewünscht war, schon halbwegs in die Familie aufgenommen wurde. Er kam Annabell schon so bekannt vor wie ein Stück Küchenmöbel, aber natürlich weitaus aufregender. Davon bekam niemand sonst etwas mit. Die Eltern hatten ihre ganz eigenen Sorgen. Noch an diesem Abend wies Onkel Willi Herrn Moll darauf hin, daß ihr Haus mal gestrichen werden müßte. Nur, um nicht unangenehm aufzufallen. Und Herr Moll erwähnte irgendwas von einer Hypothek, die fällig wäre.

»Scheiß-Haus«, sagte Herr Moll. »Die Zinsen sind auch gestiegen.«

»Tja, mein Lieber«, lachte Onkel Willi. »Da kannst du mit einem Schlag sechshundert Mark mehr im Monat bezahlen. Aber glatt.«

»Teufel, ich weiß«, sagte Herr Moll recht weinerlich, aber da hatte er schon einige Gläser Pils zu sich genommen. Ganz gegen seine sonstige Gewohnheit.

Mief und Moder

Kurz vor den Sommerferien fanden – wie jedes Jahr – die Bundesjugendspiele statt.

Bundesjugendspiele waren furchtbar. Jedenfalls empfand Annabell das so. Sämtliche Schüler hatten sich auf dem Sportplatz eingefunden, alle Jahrgänge, alle Klassen. Die Wettkämpfe wurden jeweils in den einzelnen Jahrgängen durchgeführt, die Parallelklassen bildeten also eine große Gruppe.

Annabell wie auch Linda hatten schon zwei Disziplinen absolviert, Weitsprung und 75-Meter-Sprint, Annabell mehr schlecht als recht. Sie schaute hinüber zur Aschenbahn, wo die Jungen aufgestellt waren. Finn und zwei andere aus seiner Klasse als erste Garnitur. Dann donnerten sie los wie drei ungebändigte Mustangs, und Sekunden später, zehn, elf, zwölf?, wußte Annabell, daß Skateboardfahrer auch wahnsinnig gute Sprinter sein konnten. Warum war sie stolz darauf? Es ging sie gar nichts an, aber sie fühlte sich zum Platzen gut. Nach seinem Lauf winkte Finn Rückert herüber. Wen meinte er mit seinem Gruß? Lässig wie ein Olympiasportler in seiner Ehrenrunde trabte er heran und machte halt neben Linda. Die Mädchen hatten ihren Lauf schon hinter sich, aber Linda war immer noch heftig am Schnaufen. Sie sah kitschiger aus

denn je mit ihren angeschwitzten Kullerlocken, den glühend roten Backen und dem Tomatenmund.
Annabell suchte nur aus einem einzigen Grund die Nähe der Schwester. Klar.
»Wieso hast du eigentlich gewunken?« fragte sie Finn wie beiläufig. Es war ihr so rausgeflutscht, aber von der richtigen Antwort hing einiges ab.
»Wieso nicht?« fragte Finn zurück.
»Ich dachte, wenn nur Jungs zusammenstehen, traut sich niemand, Mädchen zuzuwinken.«
»Quatsch«, sagte Finn. »Ich kenn euch doch.«
Euch hatte er gesagt. War das diplomatisch oder ehrlich oder – war Linda auch im Rennen? Welche Antwort hatte sie eigentlich erwartet?
»Ich hasse Bundesjugendspiele«, bekannte Annabell, um überhaupt etwas zu sagen. »Mir tut beim Laufen immer alles weh.«
»Die Füße?« fragte Finn, als ob es ihn wirklich interessierte.
»Nee«, sagte Annabell. »Alles, mein ich. Weil's so wackelt und dann weh tut. Jungs haben es da besser.«
»Ach so«, sagte Finn. »Jetzt weiß ich, was du meinst. Aber Jungs haben es auch nicht besser. Was meinst du, wie das weh tut, am Reck zum Beispiel. Da mußt du aufpassen, daß du drüber oder drunter bist, sonst: Oha!«
Annabell wußte genau, was Finn meinte, wunderte sich aber, daß er solche Sachen gleichzeitig verschlüsselt und direkt zu schildern vermochte, als ob sie sich schon ewig kannten oder sonst irgendwie verwandt miteinander waren.

»Ihr redet vielleicht blödes Zeug«, sagte Linda und verzog sich.
»Schwestern!« kommentierte Annabell mit gespielter Entrüstung. »Ich habe noch nie eine Urkunde bekommen«, sagte sie dann, um das peinliche Thema zu beenden. »Noch nicht mal eine Siegerurkunde. Mir fehlen immer zwei Punkte. Mich kannst du sozusagen vergessen.«
»Vielleicht kannst du was anderes besser«, sagte Finn.
»Ja, wahrscheinlich«, sagte Annabell. »Ich hab aber schon mein ganzes Leben damit verbracht, rauszufinden, was das sein könnte. Deutsch kann ich ganz gut, jedenfalls so lala. Aber Mathe ist Scheiße.«
»Mathe ist Logik«, sagte Finn und sprach wie seine Lehrer.
»Du meinst, ich soll mit Logik rangehen?« fragte Annabell. »Und dann kommen sie immer mit solchen Pferdeaufgaben, wenn ich grad welche mit Fahrrädern gelöst habe, wo ist da die Logik?«
»Du wirst die Kurve schon noch kriegen«, tröstete Finn. »Mathematik ist zählen, und Zählen hast du vom lieben Gott bekommen.«
Er sah sie wundervoll mitleidig an. Dieser lange, weiche Blick schoß in Annabell hinein wie ein Blitz in eine Eiche bei einem heftigen Sommergewitter, ja, zwei, drei Blitze sogar. Sie hatte im Grunde erwartet, daß diese schlimmen, unruhigen und irgendwie hungrigen Gefühle vielleicht nachlassen würden. Aber statt dessen hatte sie nun den verrückten Drang, in ihn hineinzubeißen, wie... ja, wie in ein Erdbeertörtchen. Annabell schüttelte heftig

den Kopf. Einmal, um zu sich zu kommen, und zum anderen, um ihm damit zu widersprechen.
»Zählen hat mir meine Mama beigebracht«, sagte sie. Und das war Logik, denn auch ein Finn Rückert konnte dem nichts entgegenhalten. Sie sah auf seine Siegerbeine – die Muskeln genau an den richtigen Stellen! –, und ihr fiel ein, daß sie von den drei heute angesetzten Disziplinen noch eine zu absolvieren hatte. »Schade«, sagte sie in die Luft hinein, ohne sich darüber klar zu sein, was genau sie damit meinte. »Ich muß noch Schlagball werfen. Drück mir die Daumen.«
Ihn mußte eine Hornisse gestochen haben, denn mit einer plötzlichen Bewegung streifte er sein Halstuch ab und drückte es ihr in die Hand. »Das bringt dir Glück«, sagte er. »Jedenfalls bilde ich es mir ein. Ich mein, es ist nur Scheiß, aber vielleicht funktioniert es.«
Annabell wußte nicht, was sie mit diesem Halstuch machen sollte, das er schon Jahre getragen haben mußte, Tag und Nacht, und nun lag es in Annabells Hand und war warm und schmuddelig. Es roch muffig, als Annabell es um den Hals gelegt hatte. Es roch nach Mief und Moder, puh, und nach Finn Rückert natürlich, so intensiv, daß ihr fast schwindlig wurde.
»Na klar«, sagte sie aus purer Höflichkeit. »Ich trag es auch nur aus Scheiß, aber vielleicht funktioniert es.«
Und dann lief sie zur Grasnarbe und warf den Ball achtzehn Meter und dreizehn Meter und elf Meter, und sie konnte froh sein, daß sie nicht, wie es ihr vor zwei Jahren passiert war, hinter sich geworfen hatte. Sie war der absolute Verlierer, aber das machte nichts; sportliche Fähig-

keiten standen in ihrer Familie nicht besonders hoch im Kurs. Mathe und all den Krampf fand man wichtiger, und *man* hieß in diesem Fall Herr und Frau Moll.

Nach den überstandenen Qualen herrschte Sommerferienstimmung. Vor dem Sportplatz überlegten alle, was man noch unternehmen könnte, irgendwohin gehen, irgendwas essen. Linda sagte: »Wenn wir essen gehen, dann aber ohne Jungs. Die stören nur.« Und dann sah sie auf Finn und seine Kumpels und meinte: »Wenn man mit Jungs essen geht, kann man nicht so sein, wie man will, und alle gucken immer, wer mit wem und so... also, ich finde, wenn, dann ohne Jungs.«

Da merkte Annabell, daß sie zwar genauso alt war wie Linda, ihr aber weit überlegen, denn noch Anfang dieses Jahres hätte sie genauso geredet, doch inzwischen war Finn aufgetaucht, und sie würde sich liebend gern so benehmen, wie Mädchen es tun, wenn Jungen dabei sind.

Die Jungen, Finn und die anderen, ließen sich trotz Lindas Bemerkung nicht abschütteln, und so liefen sie alle zusammen quer durch die Stadt auf der Suche nach was Gutem. In der Fußgängerzone vor dem Jeansladen sprach sie eine Frau an und fragte, ob sie sich nicht alle an einem Test beteiligen wollten. Dabei machte sie ein unerträglich freundliches Gesicht. »Worum geht es?» fragte Annabell, und die Frau sagte: »Um einen Sportdrink. Wir machen Tests zu einem neuen Drink.«

»Sollen wir mitmachen?« wollte Annabell wissen und sah in die Runde, aber fast alle dachten nur noch an Pommes und Hamburger und Cola mit Eis. Nur Finn blieb an ihrer

Seite, und so nahm die Frau sie beide mit in ein kleines Studio in der Passage, die zwischen dem Jeansladen und der Adler-Apotheke auf die Parallelstraße führte. In dem Studio stand ein Tisch und darauf kleine Glasflaschen, in denen gelbe und orangefarbene Drinks abgefüllt waren.

Die Frau setzte sich hinter den Tisch und bat Annabell, auf dem Holzklappstuhl ihr gegenüber Platz zu nehmen. Finn mußte stehen bleiben, weil es keinen weiteren Stuhl in diesem winzigen Raum gab, lediglich noch ein paar Kisten, in denen weitere dieser Getränkeflaschen verpackt waren. Mit überkreuzten Beinen stand er neben dem Tisch und beobachtete das Spielchen.

»Lieben Sie Sport?« fragte die Frau, und Annabell antwortete: »Ja.« Es war gelogen, aber sie war ja nicht am Lügendetektor angeschlossen. Außerdem wollte sie heute alles positiv sehen; es war ihr Glückstag.

»Dies ist ein sportliches Getränk«, sagte die Frau. »Würden Sie bitte einmal einen Schluck von diesem orangefarbenen nehmen?«

Daß die Frau Annabell siezte, konnte – da es schon zweimal passiert war – kein Versehen sein, auch deshalb fiel es Annabell nicht schwer, der Frau grundsätzlich recht zu geben.

Annabell nippte am Glas. »Und?« fragte die Frau. »Gut?«

Es schmeckte, wie orangefarbene Getränke eben so schmecken, ein bißchen süß, ein bißchen sauer, ein bißchen kribbelig und ein bißchen nach Chemie.

»Gut«, sagte Annabell.

»Und das gelbe hier?«

»Auch gut«, sagte Annabell.
»Wie finden Sie den Namen ›Fit‹ für das Getränk?«
»Gut«, sagte Annabell.
»Würden Sie es kaufen?« fragte die Frau.
»Ja«, sagte Annabell. »Kauf ich glatt.«
»Danke schön«, sagte die Frau. »Das war's. Sie können jetzt gehen.«
Annabell war enttäuscht. Draußen machte sie sich Luft.
»Das war vielleicht ein Mist, den die blöde Kuh da angeboten hat.«
»Hat es dir denn nicht geschmeckt?« fragte Finn.
»Nee«, sagte Annabell. »Hast du mir etwa geglaubt?«
»Warum hast du denn gesagt, daß du es kaufen würdest?« fragte Finn.
»Ich habe *ja* gesagt, weil ich dachte, sie schenkt mir eine ganze Kiste«, sagte Annabell. So hatte sie sich das tatsächlich gedacht.
»Du bist gut«, sagte Finn. »Wer hätte die denn tragen sollen?«
»Du vielleicht«, sagte Annabell mit einem Unterton, der offenließ, ob sie sich sicher war oder es als Frage gemeint hatte. Damit es alles heißen konnte. Finn sagte nichts. Er grinste Annabell nur an. Jetzt, dachte sie, müßte das Filmorchester eine gewaltige Melodie spielen, mit vielen jubelnden Geigen, und die Kamera müßte die vielen unwichtigen Leute um sie herum ausblenden, daß es nur zwei Menschen auf der Welt gab, Finn Rückert und Annabell Moll, die einander herzlich zugetan waren.

Aber so spielt das Leben nun mal nicht. Der Hunger hatte sie übermannt, und wenige Minuten später standen sie in einer Imbißstube Schlange für ein paar Pommes mit Ketchup und Mayonnaise.

Neben Annabell war ein Hund stehengeblieben. Er war ziemlich nackt, rosaweiß mit dunklen Pickeln, und sabberte Annabell den Turnschuh voll. Finn kam noch nicht einmal auf die Idee, Annabell zu retten.

Die Pommes waren fettig, altes Öl war in sie eingedrungen, und Finn, der die Mahlzeit stumm und unaufhörlich mit vollgestopftem Mund genoß, lief das grünlich gelbe Fett aus den Mundwinkeln.

Mit Finn Rückert konnte man nicht reden, auch nicht, als er alles runtergeschluckt hatte und sein Pappteller leer war und wie abgeleckt aussah. Aber: Man brauchte nicht mit Finn zu reden, um sich wohl zu fühlen. Das war der Hauptunterschied zwischen ihm und dem Rest der Erdbevölkerung.

Finn sah Annabell zu, wie sie sich die Reste ihrer Pommes in den Mund steckte, und dann, wie dieser rosaweiße Köter, der neben seinen Füßen stehengeblieben war, das Bein hob und ihn anpinkelte. Finn sah seelenruhig zu, bis zum Ende, als der Hund ihn mit schiefgelegtem Kopf noch einmal kurz anblickte und dann rasch Reißaus nahm. Er hätte nichts zu befürchten gehabt, dessen war Annabell sich sicher.

Sie wollte es aber wissen. »Wieso…« fragte sie, »weshalb…«

»Es war sowieso schon zu spät«, sagte Finn, der ihre Gedanken unschwer erraten hatte.

Annabell stieß ein Geräusch aus, das alles bedeuten konnte.
»Wo fahrt ihr in den Ferien hin?« fragte sie Finn, ohne daß es eine Bedeutung hatte.
»Nirgendswohin«, sagte Finn.
»Wieso nicht?« hakte Annabell nach. »Alle Menschen fahren im Sommer irgendwohin. Mindestens bis zum Biggesee.«
»Wir nicht«, sagte Finn.
»Seid ihr viele Kinder zu Hause?« wollte Annabell wissen.
Finn schüttelte den Kopf.
»Armes Einzelkind also«, sagte Annabell. »A lonely wolf. Typisch.«
»Was meinst du denn damit?« fragte der einsame Wolf.
»Typisch für solche unumgänglichen Typen wie du«, sagte Annabell. Sie wollte ihn bewußt provozieren, aus-lo-ten, aus-rei-zen. »Skateboardfahren!« sagte sie, als ob es sich um ein Schimpfwort handelte.
»Was soll denn das nun wieder heißen?« wollte Finn wissen.
»Das heißt, daß du von deinen Mitmenschen nichts wissen willst«, sagte Annabell. »Wahrscheinlich sitzt du auch in der Klasse allein an einem Tisch oder neben jemandem, dem die Schuppen wie Schneeflocken auf den Pulli rieseln.«
»Das ist doch nicht asozial«, sagte Finn Rückert.
»Davon redet ja auch keiner«, korrigierte Annabell. »Außerdem: *Asozial* ist was anderes als ungesellig. Du meinst wahrscheinlich *unsozial.*«

Finn stand da mit hochrotem Kopf. Selbst seine grauen Augen waren anthrazit und irgendwie glühend geworden. Es stand ihm gut; Annabell hätte ihn küssen können. Sie verstand aber auch, daß Finn Rückert mit dem normalen Umgangston, der zum Beispiel in der Familie Moll herrschte und mit dem man sich alles, ausdrücklich *alles* um die Ohren werfen konnte, nichts anzufangen wußte. Vielleicht war er beleidigt. Annabell wollte schnell das, was sie Falsches gesagt hatte, wiedergutmachen. »Ich meine eher, daß du sehr introvertiert bist«, sagte sie.
»Ich mach halt gern nur so vor mich hin«, sagte Finn, der sich beruhigt zu haben schien. »Leute gehen mir oft auf die Nerven. Ich bin es gewöhnt, allein zu sein. Tagsüber. Meine Mutter kommt erst gegen Abend nach Hause. Wir brauchen nicht viel miteinander zu reden.«
Das merkte man. Annabell wollte aber nicht weiter in ihn dringen. Er könnte schnell, allzu schnell, einen Rückzug antreten.
»Na ja«, sagte sie. »Hat wohl auch sein Gutes. Ich versteh das schon.« Sie mußte kurz an die Vorstellung von *ihrer* Hälfte des Mondes denken. Waren sie sich nicht doch sehr ähnlich? Sie und Finn Rückert?
»Was die Sommerferien betrifft...« fuhr sie fort und beendete damit die Seelenforschung, »wir jedenfalls fahren wie jedes Jahr weg. Alle zusammen. Zwei, drei Wochen, schätz ich.«
»Aha«, sagte Finn.
»Ich werd dann mal«, sagte Annabell und warf den leergegessenen, mit Fettresten beschmierten Pappteller in den Abfallkorb.

»Ich auch«, sagte Finn.

Er ging nach links und sie nach rechts, und da Finn seine ersten Schritte rückwärts machte, um ihr noch einmal zuzuwinken, passierte noch ein weiteres Unglück. Er donnerte gegen eine Kinderkarre, deren Insasse – ein vielleicht anderthalbjähriges Mädchen – aber glücklicherweise gerade Laufen an der Hand der Mutter lernte.

Finn wollte sich im Stolpern fangen, machte einen Riesensatz über die Karre hinweg, fast in Schräglage, stampfte fester als wohl geplant einmal, zweimal abwechselnd auf, schoß dann aber doch gegen den im Weg stehenden Laternenpfahl, wo er sich sehr geschickt in letzter Minute umdrehte (alter Skateboardfahrer!) und sich die Fresse eben nicht aufschlug. Aber seine Schulter schien einen recht schmerzhaften Schlag abbekommen zu haben, und Annabell war voller Mitgefühl. Sie konnte nicht anders und mußte Tränen über diese clowneske Darstellung lachen. Würden ihre Begegnungen mit Finn Rückert denn immer etwas mit Zusammenstößen zu tun haben?

Sie wischte sich ihr Gesicht mit dem Handrücken ab. Öl und Tränen. Sie bemerkte, daß sie immer noch das Halstuch trug, *sein* Halstuch, das bisher nichts genutzt hatte, nicht mal zu einer stinknormalen Siegerurkunde hatte es gereicht. Sie formte die Hände zu einem Trichter. »Fiiihiiinn!« rief sie. »Dein Halstuch?!«

Finn zögerte einen Moment, aber der Weg zurück zu ihr schien ihm wahrhaftig zu gefährlich. Er winkte ab. »Andermal«, schrie er. »Vielleicht kannst du es inzwischen für irgendwas gebrauchen. Lebensrettung oder so.«

Für was sollte sie es denn schon gebrauchen können, dachte Annabell, außer als Ersatz für Finn im Original, und ihr fiel auf, daß sie sich an den speziellen Geruch des Halstuchs schon gewöhnt hatte, ganz familiär war der, ja, ja, Mief und Moder.

Bestimmt schreiben wir

Bis die Sommerferien angefangen hatten, sah Annabell Finn Rückert nicht mehr. Es lag einfach daran, daß sie zu den falschen Zeiten die falschen Dinge tun mußte. Herr Moll, der sich für diese Ferien offensichtlich etwas Besonderes hatte einfallen lassen, über das er sich aber nicht auslassen wollte, spannte die Familie ein, als ginge es um die Vorbereitungen zu einer geheimen Staatsaktion.

Frau Moll, von ihren Kindern befragt, ob sie Näheres über die Planung der Sommerferien wüßte, schüttelte den Kopf. »Papa meint, die Erfahrung habe ihn gelehrt, nur unnütze Zeit in Diskussionen vergeudet zu haben. Und da er schließlich sowieso die Entscheidungen allein treffen müsse, weil ihr weder Vorbereitungen noch Verantwortung übernehmen wollt, braucht er euch über seine Überlegungen auch nicht zu informieren. Er plant den Urlaub so, wie er es für richtig hält.«

»Hast du das abgelesen, Mama?« fragte Daniel.

»Hältst du mich für dumm?« wollte Frau Moll wissen.

»Nun ja«, sagte Daniel. »Es hörte sich zumindest so an, als zitiertest du Papa.«

»Und wenn schon?«

»Dann bedeutet das doch Italien«, jammerte Annabell.

»Hast du was an Italien auszusetzen?« fragte Herr Moll, der genau zum richtigen Zeitpunkt das Wohnzimmer betrat.

»Es ist so heiß dort«, sagte Annabell. »Außerdem wäre ich gern mit Röschen in die Reiterferien gefahren.«

»Aha«, sagte Herr Moll. »Und wie wäre es vielleicht mit einer Rundreise durch Skandinavien?« fuhr er fort. »Das ist sehr populär im Moment. Drei von meinen elf Kollegen haben sich dafür entschieden. Einer fliegt nach Madagaskar, einer auf die Malediven, mein Direktor nimmt an einem Überlebenstraining in Kanada teil, nur Frau Hoppenstedt fährt an die Nordsee.«

»Die Winters fahren auf die Bahamas«, sagte Frau Moll mit heller Stimme. »Zwar erst im Herbst, aber immerhin.«

Herr Moll runzelte die Stirn und ignorierte den Einwurf.

»Abenteuerurlaub wäre toll«, meinte Daniel. »Mit Zelt und Rucksack.«

»Aber ohne Frauen«, sagte Annabell und meinte das durchaus zweideutig. So ganz verstand sie ihren Vater nicht. Machte Herr Moll noch ernst zu nehmende Vorschläge? Konnte man davon ausgehen, daß bis jetzt nichts entschieden war und jedes Familienmitglied in letzter Minute doch noch seinen Einfluß geltend machen konnte?

»Skandinavien ist mir zu kalt«, sagte Linda. »Schweizer Berge, hab ich schon gesagt. Oder wie wäre es mit Australien?«

»Bei mir fährt die halbe Klasse nach Amerika«, sagte Daniel. »USA.«

»Und die andere Hälfte?« fragte Herr Moll.
»Häh?« machte Daniel.
»Die andere Hälfte der Klasse?« hakte Herr Moll nach.
»Ich hab sie ja nicht einzeln gefragt«, sagte Daniel. »Mir würde Bochum reichen.«
»Um mit Biggi rumzuknutschen.« Annabell hoffte, daß Herr Moll mal hellhörig würde. Was alles aus Rumknutscherei werden konnte, war ja hinlänglich bekannt, furchtbar gefährliche Sachen, Schwangerschaften und Schnupfen beispielsweise.
Daniel probierte aus, wie lang seine Beine waren, zielte mit der Fußspitze auf Annabells Schienbein, aber er war zu kurz geraten.
»Wie hättet ihr es denn eigentlich gern?« wollte Herr Moll wissen. »Ich meine, ohne daß wir uns trennen müßten?«
»Frag doch mal Mama«, sagte Annabell.
»Wo du hingehst, da will ich sein«, zitierte Daniel in herablassendem Tonfall.
»Mama ist kein Problem für mich, und ich bin keins für Mama«, behauptete Herr Moll. »Falls ihr das vergessen haben solltet: Mama und ich kannten uns schon lange vor eurer Zeit und kamen blendend miteinander aus.«
Daniel faltete die Hände über dem Bauch, warf den Kopf in den Nacken und verdrehte die Augen.
»Die Liebe«, flötete er.
»Ich weiß schon, worauf das alles hinausläuft«, klagte Linda. »Überraschung!«
Daniel spannte sogar Tante Moskito und Onkel Willi ein, um herauszubekommen, wo es hingehen würde.

»Wohin sollen wir eure Post schicken?« fragte Tante Moskito neugierig. »Wenn was Wichtiges dabei ist?«
»Die Post lassen wir zwei Wochen lagern«, erklärte Herr Moll und verriet wenigstens, wie lange der Urlaub dauern würde. »Die Blumen werden vorher ertränkt, die Stecker aus den Steckdosen gezogen, und die Dosen, die das Verfalldatum erreicht haben, wandern in den Müll. Maria hat eine Vertretung für ihr Geschäft gefunden. Es kann also nichts passieren.«
»Und die Zeitung?« drängte Tante Moskito.
»Ist abbestellt.«
Es war nichts zu machen. Herr Moll gab nur den offiziellen Plan bekannt. Montag Wäsche waschen, Dienstag Wäsche bügeln, Mittwoch packen und die Wohnung aufräumen, Donnerstag einkaufen und Freitag Abfahrt. Frau Moll sah ihren Mann amüsiert, doch zustimmend an.
Da keiner rausbekam, wohin die Reise ging, packten sie Sachen ein für heiße Nächte und kühle Abende, für Strand und für Berge.
Daniels Hauptproblem war, Biggi mitteilen zu können, wo er zu erreichen war. Biggi war zwar als sechstes Mitglied der Familie Moll anerkannt, ihrer eigenen Familie aber war weder diese Tatsache noch der wahre Charakter der Beziehung zu Daniel bekannt. Deshalb hatten Biggi und Daniel geplant, daß Biggi von Bochum aus Daniel anrufen würde, wo immer er sich befände. Er würde sich bei ihr unter Code melden, klingeln lassen, auflegen, klingeln lassen, auflegen. Das kostete nichts, wäre aber ein Liebeszeichen, auf das sie bei günstiger Gelegenheit antworten könnte.

Wider alle Gepflogenheiten sollte die Reise gegen Abend beginnen; Herr Moll meinte, daß die Straßen dann frei sein würden und sie schon ein gutes Stück vorangekommen wären, bevor sie müde würden. Es sah ganz nach einer langen Reise aus.
Gegen acht Uhr abends – Koffer und Taschen standen schon längst bereit, und Berge eingeschweißter Lebensmittel, haltbarer Milch und Dosenwürstchen stapelten sich in Kartons – trafen sie die letzten Vorbereitungen.
Wie immer anläßlich solcher Gelegenheiten, verabschiedeten sie sich von Onkel Willi und Tante Moskito. Nicht, daß sie schon jetzt abfahrbereit waren: Der Vater hatte aber die beiden Winters davon überzeugt, ein Konzert der Sommerfestspiele zu besuchen, das an diesem Abend stattfand, Tschaikowskys zweites Klavierkonzert. Tante Moskito war hellauf begeistert gewesen, hauptsächlich auch deshalb, weil Herr Moll ihren Mann zu überzeugen wußte, sich mal für etwas anderes zu interessieren als für Finanzierungsgeschäfte.
So standen alle Molls auf der Außentreppe, um *winke, winke* zu machen, als ob die Winters in ihrem schicken Coupé auf große Fahrt gehen würden.
»Schreibt mal«, flötete Tante Moskito mit ihrer seltsam heiseren Stimme, die sich, wenn sie endlich irgendwo oben angelangt war, so brach, daß man glaubte, ihre Stimmbänder seien aus Glas.
»Bestimmt schreiben wir«, rief Frau Moll und schwang ihre Arme in der Luft hin und her, als ob sie ein Flugzeug einwinken wollte.
Dann raunte der Motor, und die Winters waren auf und

davon. Herr Moll legte den Arm um Frau Moll und führte sie wie eine Braut ins Haus. »Na, dann wollen wir mal«, sagte er.

Annabell schaute noch einmal die Straße rauf und runter. Es war ein wundervoller Abend, der nach warmer Luft, Blütenstaub und Sprengwasser roch, ein Abend, an dem man am liebsten die Zeit anhalten wollte. Sie kaute nachdenklich am Zipfel ihres Halstuchs, *Finns* Halstuch, das sie langsam mit ihrem eigenen Geruch durchtränkte.

Rund ums Haus herum war Stille. Wenn man überhaupt irgend etwas an Geräuschen hören konnte, dann kamen sie von weiter her, gebündelt und nur als Rauschen wahrzunehmen. Im Haus rechts von ihnen war sowieso abends meistens Ruh; es war ein zu Büros umgestaltetes Gebäude, und fast sämtliche Angestellten machten spätestens um achtzehn Uhr Schluß. Zwar bedauerten die Molls, daß solch ein schönes Haus gewerblich genutzt wurde, aber besonders die Wochenendruhe, die sie manchmal hinterm Haus im kleinen Gärtchen genossen, schätzten sie.

Annabell zog die Luft tief ein, dann stapfte sie als letzte ins Haus. Jetzt spürte sie schon fast so etwas wie Lust auf Italien.

Das Unterbringen der Gepäckstücke im Auto war Schwerstarbeit. Herr Moll mußte, als sich abzeichnete, daß nicht alle Teile im Kofferraum Platz finden konnten, das Auto schon mal aus der Garage fahren, um wenigstens die Rucksäcke seiner Kinder im Innenraum zu verstauen. Er war sehr unzufrieden. »Muß das überhaupt mit?« fragte er und zeigte auf Daniels schwarzen Kunstledersack.

Daniel war empört. »Das sind alles meine persönlichen Sachen«, sagte er mit so viel kämpferischem Ausdruck in der Stimme, daß Herr Moll es nicht wagte, weiterhin ungesundes Interesse dafür zu zeigen.

»Und ich nehme an, daß sich hier drin deine persönlichen Sachen befinden«, meinte er zu Annabell mit einem Blick auf ihren Rucksack (lila mit schwarzer Aufschrift).

»Hmhm«, machte Annabell und fühlte sich gut verstanden.

»Es ist mir ein Rätsel, wieso Kinder immer auf ein gesondertes Recht pochen«, klagte Herr Moll. »Kinder brauchen ihr eigenes Zimmer, ihren eigenen Rucksack und einige auch noch ihren eigenen Fernseher. Mama und ich teilen uns das Wohnzimmer, das Schlafzimmer, die Küche und das Badezimmer.«

»Und das Bett«, sagte Daniel.

»Sogar das«, sagte Herr Moll. Es war nicht ganz klar, ob er mitbekommen hatte, daß sein Sohn ihn auf den Arm nehmen wollte.

»Mit seiner Frau darf man auch das Bett teilen«, sagte Frau Moll und tat sehr moralisch.

»Ich würde auch gern mit meiner Frau das Bett teilen«, spaßte Daniel.

»Mit Biggi?« erkundigte sich Linda.

»Solche Gespräche mag ich gar nicht«, sagte Frau Moll. »Holt jetzt bitte mal eure Federballschläger runter.«

»Badminton heißt das«, sagte Linda.

»Und wo ist der Unterschied?« wollte Frau Moll wissen.

»Das eine ist für Babys und das andere für Erwachsene«, erklärte Linda.
»Erwachsene?« fragte Frau Moll nach und drehte sich nach allen Seiten um. »Hab ich recht gehört? Außer mir und Papa ist hier doch niemand erwachsen?«
»Wann ist man denn in deinen Augen erwachsen?« fragte Annabell.
»Wenn man Tisch und Bett mit einer Frau teilt«, sagte Daniel.
»Es hängt alles zusammen«, sagte Frau Moll.
»Linda, wann fängst du an, Tisch und Bett mit einer Frau zu teilen?« lästerte Daniel.
»Ihr habt mich schon verstanden«, sagte Frau Moll.
Endlich konnte es losgehen, nach einem Kontrollgang durch das ganze Haus. Annabell verständigte sich mit Daniel ohne Worte, als sie ihm einen Aufkleber aus ihrer Aufklebersammlung zeigte, der besagte, daß der Inhalt alkoholfrei sei, und Daniel schnappte sich im Keller eine Flasche Sekt. Sie pappten den Aufkleber über das Etikett und liefen wie Besoffene aus dem Haus, die Flasche schwenkend und von Seite zu Seite torkelnd.
»Was soll denn das?« fragte Herr Moll, und Annabell sagte: »Wir sind besoffen.« Das war ihr Trick, die Eltern hinters Licht zu führen: Dinge so zu übertreiben, daß sie unwahrscheinlich klangen.
Daniel hielt dem Vater die Flasche hin. »Alkoholfrei«, sagte er und hatte anscheinend das sichere Gefühl, Herrn Moll übers Ohr gehauen zu haben.
»Darf ich dieses Mal wieder fotografieren?« fragte Annabell und schnappte sich den Fotoapparat, aber Frau Moll

griff sanft nach dem Gerät. »Lieber nicht, Schätzchen«, sagte sie. »Du bist doch diejenige, die immer nur die Füße aufs Bild kriegt, nicht wahr, oder den Kopf im Himmel. Wenn du willst, hol dir noch den alten Apparat, den Daniel ausgemustert hat, den aus dem Kaffeegeschäft, der taugt nichts, und du kannst nicht viel verderben.«

»Nee, danke«, sagte Annabell und versuchte, beleidigt zu sein. »Immer kriege ich eure abgelegten Fotoapparate oder die getragenen Socken und so, demnächst wahrscheinlich auch noch eure abgelutschten Kaugummis, nee, danke.«

»Aber abgelegte Halstücher trägst du mit Vorliebe, was?« sagte Linda und wies mit ihrem Kinn auf Annabells Hals.

»Ruhe jetzt«, mahnte Herr Moll. »Seid ihr bereit?«

»Allzeit«, sagte Linda.

Herr Moll fuhr an, das Garagentor senkte sich langsam. Dann stießen sie mit der Nase (vom Ford) auf die Straße. Der spannende Moment: Ging es nach Norden oder nach Süden?

Herr Moll bog nach rechts ab, und Annabell stellte sich den Stadtplan vor, um die Himmelsrichtung in ihren Kopf zu kriegen, und dann fuhr Herr Moll links und rechts und wieder links. Auf die Autobahn? Den Zubringer nach Norden? Nach Süden?

Es war mittlerweile dunkel geworden, es wurde eine richtige Nachtfahrt, wie sie sich Annabell schon immer gewünscht hatte. Das Auto wirkte – so vollbepackt – schwer und behäbig wie ein Schiff.

In dem Moment, als Annabell schon nah am Einschlafen

war und die Augen nicht mehr gewaltsam aufriß, machte Frau Moll eine Bemerkung, die zwar nur langsam in Annabells Bewußtsein drang, ihr aber, als sie den Sinn endlich begriffen hatte, bewies, daß ihre Mutter an der ganzen Sache unschuldig war. Es war einzig und allein Herrn Molls Idee gewesen.

»Richard«, sagte Frau Moll vorsichtig. »Ich glaube, wir sind irgendwo falsch abgebogen. Mir scheint, wir fahren zurück.« (Man beachte das psychologisch ausgewogene *Wir* in den Sätzen!)

»Hm«, sagte Herr Moll. »Ich glaube, wir haben was vergessen.«

»Wir haben nichts vergessen«, behauptete Frau Moll. »Dieses Mal habe ich meine Zahnbürste dabei und du deinen Schlafanzug. Darauf habe ich geachtet.«

»Die Kaffeemaschine ist auch ausgemacht«, sagte Daniel.

»Das Telefon ist leise gestellt und der Stecker vom Fernseher rausgezogen«, steuerte Linda bei.

»Wir haben die Dosen vergessen«, sagte Herr Moll. »Die Linsensuppe.«

»Wir haben doch gar keinen Platz mehr dafür«, jammerte Annabell, die schon einen Fuß auf den anderen stellen mußte, weil sonst ihr Rucksack (lila mit schwarzer Aufschrift) hätte dran glauben müssen.

»Es wäre mir lieb, wenn ihr jetzt kein Theater macht«, sagte Herr Moll. »Haltet für eine Weile den Mund, bis ich euch sage, daß ihr ihn wieder aufmachen könnt.«

»Ja, aber du könntest...« wagte Frau Moll zu sagen.

»Ruhe!« brüllte Herr Moll.

Annabell wollte Linda ansehen, ob sie grinsen mußte, aber es war so dunkel, daß sie nicht viel sehen konnte. Linda starrte außerdem nach vorn.

Dann kamen sie durch den Drosselweg und die Obergasse, fuhren die Rembrandtstraße hinunter, *ihre* Straße und gleichzeitig Finn Rückerts Tour, und Herr Moll schwenkte in die Einfahrt, ließ das elektrisch angetriebene Tor steigen, fuhr in die Garage, das Tor senkte sich, und Herr Moll sagte: »Alles aussteigen.«

»Also, hör mal...« sagte Frau Moll.

»Tut mir den Gefallen und steigt alle ganz ruhig aus«, sagte Herr Moll. Fast flüsterte er. »Packt die Koffer wieder aus, nehmt sie hoch auf die Zimmer, ohne Schreierei bitte, und dann treffen wir uns im Wohnzimmer zu einem Gespräch.«

Alle saßen wie gelähmt.

»Ist der noch ganz dicht?« raunte Daniel mit tiefer, halb unterdrückter Stimme, und Frau Moll preßte durch die zusammengebissenen Zähne eine Ermahnung: »Da-ni-el.«

Als Herr Moll ausgestiegen war und sich umdrehte, sah man im fahlen Licht der Garagenleuchte, wie er seinen Zeigefinger über die Lippen legte. Das gab der ganzen Aktion plötzlich den interessanten Anschein von Verschwörung.

Annabell kam ein Glucksen in den Hals, das sie nur mühsam unterdrücken konnte. Sie sah ihre Geschwister an, preßte die Lippen fest aufeinander und kletterte dann aus dem Auto, eher wie ein Schlangenmensch und nur die Fußspitzen aufsetzend, um jedes Geräusch zu vermeiden.

Die Situation war vollständig irreal. Zum Brüllen komisch.
Mit den Taschen und Koffern in der Hand gingen sie durch die Seitentür der Garage ins Haus und stiegen die Treppen hoch. Nachdem sie der Aufforderung des Familienoberhauptes, die Sachen in den jeweiligen Zimmern zu verstauen, gefolgt waren, trafen sie sich im Wohnzimmer. »Kein Licht machen«, wies Herr Moll an. Jetzt konnte Annabell nicht anders, als loszuprusten. Ihr schoß das Lachen gewaltig aus dem Mund. Sie versuchte weiterhin, die Lippen geschlossen zu halten, aber es barst aus ihr heraus, die Tränen liefen ihr über die Wangen, und sie schmiß sich in den Sessel, drückte ihr Gesicht in die weichen Polster, um das schallende Gelächter zu dämmen.
»Hsch, hsch«, machte Herr Moll. »Ich bitte euch.«
»Also hör mal«, versuchte Frau Moll noch einmal mit gedämpfter Stimme. »Ich komme mir vor, als ob ich in mein eigenes Haus eingebrochen bin.«
»Das war Absicht«, sagte Herr Moll. »Ich will das mal erklären.«
Annabell schnappte nach Luft und wandte ihr Gesicht der Familie zu. Soweit sie es im spärlichen Licht sehen konnte, war der Ausdruck auf den Gesichtern sehr unterschiedlich. Linda sah gespannt aus. Sie hatte sich im Schneidersitz auf die Couch gehockt und das Kinn in die aufgestützten Arme gelegt. Daniel machte einen eher ablehnenden Eindruck. Er hielt seinen Kopf auf arrogante Weise zur Seite gedreht und sah seinen Vater nur aus den Augenwinkeln an.
Frau Moll betrachtete ihren Mann fasziniert und gleich-

zeitig mißtrauisch, eine Mischung, die sie hilflos aussehen ließ, als ob sie erst jetzt erkennen würde, wen sie vor neunzehn Jahren geheiratet hatte: jemanden, der bisher *under cover* gelebt und sein Innerstes auch vor ihr verborgen hatte. Obwohl Herr Moll nicht im entferntesten wie James Bond aussah, hatte er sich doch, für heute abend jedenfalls, das Image eines Geheimagenten übergezogen.

»Also, was ist Sache?« fragte Daniel. Er war wohl am meisten an Aufklärung interessiert, da die Aktion seine Pläne mit Biggi möglicherweise durcheinandergebracht hatte.

»Nun«, sagte Herr Moll und lehnte sich bequem zurück. Er saß auf der Couch in der Ecke neben Linda und breitete die Arme aus, so daß seine rechte Pfote auf der Rückenlehne ruhte und sein linker Arm über der Seitenlehne baumelte. Es war eine gänzlich ruhige und offene Haltung, die den Eindruck erweckte, er wolle seine Familie umarmen.

»Um es nicht allzu spannend zu machen: Wir werden unseren Urlaub in diesem Jahr zu Hause verbringen«, begann er. Und dann verbesserte er sich: »Verbringen müssen«, sagte er.

»Scheiße«, sagte Daniel.

»Ja, wieso...?« fragte Frau Moll. Ihre Stimme klang enttäuscht.

»Laßt mich das erklären«, sagte Herr Moll.

»O ja«, jubelte Linda. Sie schien ganz begeistert zu sein.

Annabell hatte immer noch das Gefühl, in einem Lustspiel zu sitzen, in dem sie ohne ihr Zutun gelandet war und von dem sie den Part, der ihr in dem Stück zugedacht war, noch nicht kannte.

»Die Sache ist ganz einfach«, sagte Herr Moll. »Zuerst kam die Geschichte mit dem Autounfall, die uns eine Stange Geld gekostet hat. Es war mein Fehler, ich weiß, aber so ist es im Leben nun mal. Und dann hat uns mitten in der Hochzinsphase die Neuverhandlung mit der Bank über die Hypothek das Genick gebrochen.«

»Sechshundert Mark im Monat«, sagte Annabell.

»Dafür muß eine alte Frau schon viele Strümpfe stricken«, sagte Herr Moll und sah Annabell fest an. »So mußte der Urlaub einfach ausfallen«, fuhr er fort.

»Schön und gut«, sagte Frau Moll und nickte zu ihren Worten. »Aber warum dann diese Geheimaktion, mein lieber Herr Moll? Wieso überhaupt diese ganze Kofferpackerei und das alles? Wir hätten doch einfach zu Hause bleiben können und es uns gutgehen lassen.«

»Ja, meine liebe Frau Moll«, sagte Herr Moll. »Das ist der springende Punkt dabei. Hast du schon mal deine Kinder reden hören, wie es in ihren Klassen zugeht? Die halbe Welt fährt nach Amerika und die andere Hälfte zu den Malediven oder treibt sich auf Madagaskar rum oder weiß der Kuckuck wo. Und da sollen unsere Kinder es aushalten, wenn sie sagen, sie bleiben einfach zu Hause?«

»Ja, sicher«, sagte Frau Moll. »Was ist so schlimm daran?«

»Was daran so schlimm ist?« Herr Moll probierte es mit einer Gegenfrage, die aber rein rhetorisch gestellt war. »Ich selber brauche schon eine Menge Selbstwertgefühl, wenn die Kollegen bis auf Mond und Mars fliegen. Frau

Hoppenstedt hat sich schon geschämt, einzugestehen, daß sie nur an die Nordsee fährt. Und Winters fahren auf die Bahamas. Mir hätte es nichts ausgemacht, aber unsere Kinder sind verwöhnt.«

»I wo«, sagte Frau Moll.

»Du überschätzt deine Kinder«, sagte Herr Moll. »Was machen die schon für ein Theater, wenn wir ihnen eine Jeans aus dem Kaufhaus andrehen wollen. Es muß unbedingt eine Hose mit dem Namen Uh-vau-weh-iks-ypsilon sein.«

»Haha«, machte Linda.

»Wenn man seinen eigenen Weg gehen will, gilt man als Dinosaurier. Und da soll man seinen Kindern einfach sagen können, sie verbringen die Ferien zu Hause? Das macht man nicht, meine liebe Frau Moll! Man fährt zu Ostern nach Florida und im Sommer auf die Malediven, im Herbst nach Sri Lanka oder auf eine Studienreise nach Ägypten, und in den Weihnachtsferien darfst du gerade noch den Heiligabend zu Hause verbringen, dann geht es ab nach Garmisch oder Sylt. So ist das nämlich. Und wer da nicht mitmacht, ist asozial. Hab ich nicht recht, Kinder?« Er schaute mit wilden Augen nach allen Seiten.

»Mir hätte ja schon Bochum gelangt«, brummte Daniel, aber so, daß Herr Moll nicht jedes Wort wahrnehmen konnte und die Aussage als halbes Zugeständnis verstehen mußte.

»Wir sind verdammt noch mal...« sagte Herr Moll mit lauter Stimme, unterbrach sich aber und wurde leiser: »Wir sind verdammt noch mal nicht arm, aber niemand darf es in dieser Gesellschaft wagen zu sagen, daß er nicht alles mitmacht.«

»Ich kenne jemanden, der sagt, daß er dieses Jahr nicht in Urlaub fährt«, sagte Annabell.

»Und wer?« wollte Herr Moll wissen.

»Finn Rückert«, sagte Annabell.

»Der gefällt mir«, sagte Herr Moll, ohne zu wissen, wie bedeutungsvoll der Satz für seine Tochter war.

»Mir auch«, bekannte Annabell, aber da die erwähnte Person hier und heute nicht zur Debatte stand, blieb ihre Aussage ohne Konsequenzen.

»Ja, und wie hast du dir das so gedacht, Richard?« fragte Frau Moll, die keine Phantasie hatte. »Sollen wir uns hier verstecken?«

»Genau«, sagte Herr Moll. »Es braucht keiner zu wissen, daß wir zu Hause sind. Wir müssen uns nur etwas an die Umstände anpassen. Niemand weiß, daß wir zurückgekommen sind, aber alle haben uns abreisen sehen. Und Willi und Rosalind kommen erst in etwa einer Stunde vom Konzert zurück.«

»Hast du das alles eingefädelt?« fragte Frau Moll, und da Herr Moll nicht antwortete, sondern nur leicht mit der Schulter zuckte, sagte sie bewundernd: »Donner!«

»Du meinst, daß wir jetzt zwei Wochen lang stillsitzen müssen und uns nicht rühren dürfen?« fragte Linda und hopste aufgeregt auf dem Sofa herum, daß Herr Moll in seiner Ecke immer ein bißchen mitwackelte.

»Nun«, sagte er. »Wir könnten all das machen, was wir schon immer machen wollten.«

»Schwimmen gehen«, sagte Frau Moll sehnsuchtsvoll.

»Sei nicht albern«, wies Herr Moll seine Frau zurecht.
»Mir fällt nichts ein, was man Tolles im Sitzen machen könnte«, sagte Daniel, und Linda fing zu kichern an.
»Ihr könnt alles machen, was draußen nicht bemerkbar ist«, sagte Herr Moll. »Vorschläge bitte!«
»Lesen«, sagte Annabell.
»Sehr gut«, lobte Herr Moll. Aber dann war Sendepause, lange, lange, bis Linda noch etwas einfiel: »Mit Headphones Musik hören.«
»Headphones?« fragte Frau Moll.
»Kopfhörer«, erklärte Linda seufzend.
»Hmhm«, sagte Frau Moll. »Man kann auch Gymnastik machen. Dehnübungen zum Beispiel.«
»Und nachdenken könnte man«, schlug Herr Moll vor. »Jeder könnte über sich selber nachdenken. Und über diese Familie. Briefeschreiben ist erlaubt. Solange man nicht erwähnt, wo und wann man diese Briefe schreibt. Mama und ich werden unsere Steuererklärung ausfüllen, und Linda muß Französisch lernen.«
»Dir fällt aber auch eine Menge ein«, sagte Daniel ziemlich verzweifelt.
»Wenn man mir Zeit läßt, bestimmt«, sagte Herr Moll. »Aber, meine Lieben, wir können auch die ganze Sache abblasen. Wenn ihr partout nicht mitmachen wollt. Wir sind eine demokratisch geführte Familie.«
»Mit Betonung auf *geführt*«, sagte Daniel und zitierte weiter: »Jeder tut, was er will, und alle tun, was ich will.«
»Dann hast du mich mißverstanden, mein Sohn«, sagte Herr Moll. »Ich denke, diese Aktion ist ein Experiment. Wenn wir es tun, dann von Anfang bis Ende und alle zu-

sammen. Ohne Ausnahme. Was immer passiert. Oder wir geben jetzt auf. Hier und jetzt. Aber ich denke, wir sind eine Familie, auf die man sich verlassen kann und die immer ein Abenteuer wert ist.«

Der letzte Satz war nicht fair.

Herr Moll sah in die Runde. »Also?« fragte er und sah Frau Moll an. »Mama?«

»Nun ja«, meinte sie. »Was soll ich sagen?«

»Was du denkst«, sagte Herr Moll.

Annabell würde nicht sagen, was sie dachte. Sie hörte, wie ihre Mutter sagte: »Tja, ich glaube, wir machen das.«

»Was?« hakte Herr Moll nach.

»Na ja, hierbleiben eben.«

»Das ist doch klar, Mama«, sagte Herr Moll. »Aber: privat oder öffentlich?«

»Na«, sagte Frau Moll. »Ohne daß es jemand merkt.«

»Fein«, sagte Herr Moll und sah seine Frau zärtlich an. »Daniel?«

Daniel sah nicht gerade begeistert aus. »Im geheimen«, sagte er aber und schaute zu Boden.

Linda, von ihrem Vater angesehen, sprudelte schon heraus: »Ich find das toll. Na klar bin ich dabei.«

»Annabell?«

Annabell zupfte an ihrem Halstuch und war nicht unglücklich. »Ja«, sagte sie. »Ich mache mit.«

»Ich wußte, daß ich mich auf euch verlassen kann«, sagte Herr Moll. »Ich möchte die Aktion als sportliche Veranstaltung verstanden wissen. Ihr könnt alles machen, was geräuschlos abläuft und ohne Licht zu bewerkstelligen ist. Mit ein bißchen Selbstbeherrschung und Phantasie müßte das problemlos gehen. Und jetzt macht die Flasche Sekt auf, Jungs, bevor die Winters den Korken knallen hören. Laßt uns anstoßen.«

Daniel sog die Luft tief ein und sah Annabell enttäuscht an.

»Oder...« sagte Herr Moll. »Habt ihr mich für so blöd gehalten, daß ich auf eure Tricks reinfalle?«

»Nö«, sagte Daniel, denn was sollte er auch sonst drauf sagen. Aber alle, einschließlich Frau Moll, sahen Herrn Moll doch so an, als ob er zwar nicht blöd, aber ganz schön verrückt wär.

Viele Grüße von Opa

Obwohl sie alle in ihren eigenen Betten lagen und eigentlich einen geruhsamen Schlaf genießen konnten, verlief die Nacht aufregender als sonst. Annabell wälzte sich von einer Seite auf die andere, und immer, wenn ihr bewußt war, daß sie sich nur im Halbschlaf befand, kroch ein nervöses Fieber in ihren Magen, als ob sie sich auf einer Abenteuerreise befände und der nächste Schritt ins Ungewisse gefährlich sein könnte.

Sie schliefen alle länger als üblich; sogar Herr Moll stand später als gewöhnlich auf. Wahrscheinlich hatte er auch eine unruhige Nacht hinter sich. Aber dann, als sie alle wach waren und verlegen oder verschmitzt grinsend aneinander vorbeischlichen, ergaben sich auf der Stelle ganz praktische Probleme.

Herr Moll gab Anweisungen in bezug auf die morgendlichen Waschungen: Nicht duschen! Denn heftiges Wasserrauschen und Dampfschwaden aus dem Badezimmerfenster müßten unbedingt vermieden werden.

»Leichtes und gleichmäßiges Fließen des Wasserhahnes«, sagte Herr Moll mit gedämpfter Stimme.

»Soll ich mich etwa ins Waschbecken stellen?« fragte Linda.

»Nein«, sagte Herr Moll unaufgeregt und geduldig in typi-

scher Lehrermanier. »Du nimmst einen Waschlappen und seifst dich von Kopf bis Fuß ab.«
»Das ist aber umständlich«, sagte Daniel.
»Ungewöhnliche Situationen erfordern ungewöhnliche Maßnahmen.« Das war eine Aussage, der nichts entgegenzusetzen war.
»Kein Singen im Badezimmer«, fuhr Herr Moll fort, »und beim Zähneputzen wird nicht gegurgelt.«
»Und wie soll ich, bitte schön, verfahren, wenn ich... wie soll ich sagen... so etwas wie Blähungen bekomme?« hakte Daniel nach.
»Dann beherrschst du dich einfach«, sagte Herr Moll.
»Und wenn ich mich einfach nicht kontrollieren kann? Ich meine, so etwas ist doch menschlich.« Daniel ließ nicht locker.
»Wir können nicht jede Lage vorausplanen«, sagte Herr Moll. »Ich bin auch nur ein Mensch, auch wenn mir das in dieser Runde keiner abnimmt. Aber ich wünsche einfach, daß jeder sein Bestes tut.«
Die Klogeschichte ließ sich am Anfang am schwierigsten an. Sie entschieden sich schließlich dazu, nur einmal am Tag die Wasserspülung zu benutzen, dann nämlich, wenn Tante Moskito sich zu einem ihrer Einkaufsbummel aufmachen würde. Kleine Verrichtungen waren kein Problem; große Geschäfte sollten, soweit es ging, termingerecht erledigt werden, damit anschließend und in Abwesenheit von nachbarschaftlicher Fürsorge gespült werden konnte. Das klappte schon an diesem Samstag nicht. Der Hälfte der Familie war der Drang zur Toilette vergangen, als Linda, die freiwillig die erste Wache übernommen

hatte, den Abzug der Winters gemeldet hatte, die ihre Wochenendeinkäufe zusammen unternahmen. Die übrigen hielten sich nicht an den Zeitplan von Herrn Moll, weil sie eine abweichende innere Uhr besaßen und den Abend grundsätzlich dem Morgen vorzuziehen schienen. Aber bis dahin war noch Zeit.

»Überhaupt möchte ich bitten, euch nicht unnötig vollzustopfen«, sagte Herr Moll. »Wir werden wenig Bewegung haben, und es gibt sicherlich tausend andere Beschäftigungsarten, als sich ständig Eßbares einzuverleiben. Außerdem sollten wir unsere Lebensmittel rationalisieren. Dazu bräuchte ich jemanden, der das Tagesquantum ausrechnet. Linda?«

»Ich habe schon Wache gehalten«, sagte Linda.

»Annabell?«

»Ich bin schlecht in Mathe«, gab sie schnell zu. »Am besten wäre Mama. Die plant den Haushalt doch sowieso.«

»Mama ist in Ferien«, sagte Herr Moll. »Daniel?«

»Na gut«, murmelte Daniel, nahm Zettel und Bleistift und stiefelte in den Keller hinab, wo die Vorräte lagerten.

Herr Moll setzte sich mit einem absolut heiteren Gesicht an seinen Schreibtisch, nachdem er sich dort einen Bücherstapel bereitgelegt hatte. Er fing an mit der Lektüre von *Emil oder Über die Erziehung*, legte aber das Buch bald beiseite und versuchte es mit *Jetzt helfe ich mir selbst: Ford (alle Modelle seit 1980)*. Hin und wieder sah er hoch, und es schien, als sei er absolut zufrieden mit sich und der Welt und als brauche er nichts anderes als ein Dach über dem Kopf, vier Wände um sich herum und Frau Moll in seiner Nähe.

Nach einiger Zeit gab er die Lektüre über die Reparaturhilfe auf und griff zu *Das Geld für Ihr Haus*. Er vertiefte sich lang und anscheinend gründlich in die Lektüre, machte sich hin und wieder Notizen, nervös an seiner Unterlippe kauend.
Frau Moll sah ihrem Mann zu. Sie war es offensichtlich nicht gewöhnt, zur Muße verdonnert zu werden. Nach einer Weile schlich sie zum Bücherregal, suchte sich was heraus, das ihre Aufmerksamkeit erregt hatte, und schlüpfte auf die Couch, wo sie die Beine hochzog. Es war ein schönes Bild, fand Annabell, schnippte mit dem Finger, um Linda, die unter Kopfhörern steckte, auf den Anblick der Mutter aufmerksam zu machen. Sie wies mit dem Kopf auf Frau Moll, und Linda zog feixend erst die eine, dann die andere Augenbraue hoch.
Frau Moll kam mit dem ersten Buch auch nicht gut zurecht. *Wissenschaftsreport über wilde Kinder* war ihr wohl einfach zu allgemein gehalten und traf auch nicht den Kern der Sache; im Moment waren nicht ihre Kinder das Problem, sondern ihr kirchlich und amtlich angetrauter Ehemann. Nachdem sie ein wenig in dem Band geblättert hatte, nahm sie sich den nächsten Wälzer vor, der Annabell auch neugierig machte, da sein Umschlag sehr modern in Weiß, Pink und Mittelblau gehalten war. *Gesundheitslexikon für die Frau* konnte sie entziffern, aber Frau Moll kannte wohl schon alles, was darin stand; sie war eine erfahrene Frau. Jedenfalls legte sie auch dieses Buch bald wieder fort, und Annabell konnte es ergattern und sich über die primären Geschlechtsmerkmale und Mehrlingsschwangerschaften informieren.

Frau Moll lief inzwischen wie ein eingesperrter Tiger im Wohnzimmer auf und ab, bis sie ihren Mann mit ihrer Nervosität angesteckt hatte.
»Tu was, Maria«, sagte er leicht gereizt. »Du machst mich ja ganz verrückt. Tu was! Laß dir was einfallen.«
Frau Moll, die nun stehengeblieben war, sah nachdenklich aus. »Ich könnte Oma und Opa anrufen«, sagte sie.
»Das läßt du gefälligst bleiben«, blaffte Herr Moll sie an.
»Ich muß Oma und Opa anrufen«, sagte Frau Moll. »Wir rufen sie jedes Mal an, wenn wir in die Ferien gefahren sind. Damit sie sich keine Sorgen machen.«
»Und was willst du ihnen sagen?« fragte Herr Moll und legte eine leise Drohung in seine Stimme.
»Ich weiß schon, was du meinst«, sagte Frau Moll. »Ich bin doch nicht blöd.«
»Dann ist ja gut«, sagte Herr Moll.
Das geplante Telefonat wurde von allen als willkommene Abwechslung dankbar angenommen. Die Familie versammelte sich um den Apparat.
»Alle Fenster zu?« fragte Herr Moll.
»Alle Fenster zu«, bestätigte Daniel.
»Soll ich noch Hintergrundmusik anmachen?« erkundigte sich Linda. »Wenn auf Capri die rote Sonne im Meer versinkt«, schlug Annabell vor und bekam einen von Herrn Molls berühmten Seitenblicken ab.
Frau Moll hatte inzwischen die Tastatur des Telefons bedient und war offensichtlich erfolgreich gewesen.
»Guten Morgen«, sang sie ins Telefon.
»Guten Morgen, Schätzchen«, flötete die Oma durch die Leitung. »Von wo aus rufst du an?«

Herr Moll, der wie seine Kinder das Gespräch dank des eingestellten Lautsprechers mithören konnte, schüttelte den Kopf, ließ sich in den Sessel sinken und verbarg die Augen mit der Hand. Immer, wenn seine Frau mit ihren Eltern sprach, hatte Annabell den Eindruck, als würde ein Herrn Moll sehr fremdes Element in die Familie eindringen.

»Aus Tirol«, sagte Frau Moll. »Wir sind gerade angekommen.« Sie sah hoch durch das Fenster in die Ferne. »Blauer Himmel, weiße Wolken, grüne Wiesen. Ahorn vor dem Haus... äh, nein... ich glaube Zedern und Zypressen.«

Annabell flüsterte Daniel zu, daß Tirol noch lange nicht die Toskana sei. Er preßte ihr seine Hand auf den Mund, um weitere Kommentare zu verhindern.

»Wie schön«, rief die Oma. »Wie schön, daß ihr gut angekommen seid. Und du hörst dich so nah an, wie schön.«

»Ist doch auch Europa«, sagte Frau Moll.

Herr Moll schüttelte den Kopf in seiner aufgestützten Hand. Annabell steckte sich vorsichtshalber die Faust in den Mund, um ein kaum kontrollierbares Prusten unterdrücken zu können.

»Wie lange werdet ihr bleiben?« fragte die Oma.

»Ein paar Tage«, sagte Frau Moll und sah über die Schulter auf ihren Mann, der zwei Finger hochhielt. »Zwei Tage«, sagte Frau Moll mit unsicherer Stimme und dann, als Herr Moll Mund und Augen vor Entsetzen aufriß, lauter: »Zwei Wochen, zwei Wochen.«

»Wie schön für euch«, sagte die Oma. »Aber wart ihr da

nicht schon einmal? Ich dachte, ihr würdet vielleicht mal weiter wegfahren, Australien, Neuseeland oder so, und was gibt's sonst noch? Singapur?«
Aus dem Hintergrund konnte man noch eine Stimme vernehmen. Der Opa hörte also auch mit. »Sag ihnen, daß wir an den Bodensee fahren«, hörte man ihn sagen.
»Viele Grüße vom Opa«, sagte die Oma. »Und wir fahren an den Bodensee. Aber nur übers Wochenende. Im Herbst wollen wir nach Florida, aber jetzt nur eine Rundreise um den Bodensee, Samstag hin, Montag zurück. Nächstes Wochenende, nicht dieses, Opa? Nicht wahr? Ja, nächstes Wochenende.«
»Sag ihnen, daß wir dort vorbeikommen«, sagte der Opa.
»Wir kommen bei euch vorbei«, sagte die Oma.
»Wir sind doch gar nicht da«, versuchte Frau Moll die Situation zu retten.
»Blumen gießen«, sagte die Oma. »Post aus dem Briefkasten holen.«
»Nein«, schrie Frau Moll und machte eine heftige Bewegung mit der freien Hand, als ob sie ihre Mutter einen Abhang runterschieben wollte.
Herr Moll hatte sich jetzt aufrecht hingesetzt. Linda preßte ihre Beine fest übereinander, und Annabell war vor Aufregung so gut wie tot.
»Mal nach dem Rechten sehen«, rief der Opa.
»Mal nach dem Rechten sehen«, wiederholte die Oma. »Tschüs und erholt euch gut. Macht euch keine Sorgen. Am Samstag sehen wir nach dem Rechten.«
Einen Moment lang blieb es nach dem Anruf still.

»Verdammte Verwandtschaft«, stieß Herr Moll dann hervor.
»Ja, red du nur«, sagte Frau Moll. »Was sollte ich denn machen?«
»Daß deine Eltern sich auch immer in alles einmischen müssen!« sagte Herr Moll.
»Es ist doch lieb gemeint«, nahm Frau Moll ihre Eltern in Schutz. »Sie haben wirklich immer nachgesehen, ob alles in Ordnung ist. Sie haben auch extra den Reserveschlüssel dafür. Du hättest ja auch dran denken müssen.«
»Denken, denken«, sagte Herr Moll. »Sie sind wie ein Mückenschwarm. Da sitzt du und denkst an nichts Böses, und dann kommen sie, ssssss, und fallen über dich her. Deine Verwandtschaft!«
»Nun tu doch nicht so, als ob deine Mutter ein Engel wär«, sagte Frau Moll. »Die ist auch nicht ohne. Die Kinder wollen schon gar nicht mehr zu ihr ins Altersheim.«
»Sie ist nicht gerecht«, sagte Linda. »Ich habe mal gesehen, wie sie dem Fabian fünfzig Mark gegeben hat.«
»Na und?« fragte Herr Moll aufgebracht.
»Ich hatte nur zehn Mark bekommen«, sagte Annabell, um ihrer Schwester beizustehen.
»Fabian ist auch der einzige Sohn meines Bruder«, sagte Herr Moll.
»Was hat das damit zu tun?« empörte sich Daniel. »Selbst wenn sie uns als Einheit sieht und Onkel Arthur und seine Familie auf der anderen Seite: Dreimal zehn sind dreißig Mark, und einmal fünfzig ist fünfzig. Das ist Mathematik.«
»Und ungerecht«, sagte Annabell. Sie war nah am Heulen,

weil sie sich in diesem Moment selber schrecklich leid tat.
Herr Moll stutzte. »Das ist wahr«, sagte er und schüttelte sich wie ein nasser Hund. »Das ist wahr. Verdammte Verwandtschaft. Ich sag's ja.«
»Wir müssen uns trotzdem was einfallen lassen für nächstes Wochenende«, sagte Frau Moll zaghaft.
Herr Moll stand auf und umarmte seine Frau. »Wir werden uns was einfallen lassen«, sagte er. »Erster Preis für die beste Idee. Am Freitag abend will ich es wissen.«
»Was ist der erste Preis?« fragte Daniel.
Herr Moll verkniff seine linke Gesichtshälfte derartig, daß sie einem verschrumpelten Apfel ähnelte.
»Ich mein ja nur«, murrte Daniel.
Da bis zum Wochenende noch Zeit war, wurde dieses Thema vorerst zurückgestellt, und jeder verkroch sich wieder in seine Ecke.
Annabell schlich herum. Sie ertappte Linda beim Schmökern in einem dieser Heftchen, das eigentlich im Hause Moll nichts zu suchen hatte und dessen Titelbild von einem kaltblütig aussehenden Cowboy geschmückt wurde, der dem Betrachter einen Colt entgegenhielt. Unter dem energisch aussehenden Kinn war eine wesentlich kleiner gezeichnete, halbentblößte Frau abgebildet, die ihren Mund offen und die Augen geschlossen hielt.
Lindas Gesicht spiegelte das reinste Entzücken wider, als wäre der Gegenstand ihrer Anbetung in greifbarer Nähe. Dabei handelte es sich hierbei doch nur um einen papiernen Held namens Cassiter.
Annabell schaute Linda über die Schulter.

»Aus dir mach ich Kleinholz!« sagte der hünenhafte Bursche zu Cassiter, und die gewaltige Faust zuckte von unten herauf auf Cassiters Kinn zu.
Es war eine unheimlich schnelle Bewegung, wie sie nur ein routinierter Boxer zuwege brachte, und kein durchschnittlicher Mann hätte in diesem Augenblick noch entsprechend reagieren können. Aber Cassiter war kein durchschnittlicher Mann.
»Daß du dich für so einen alten Knacker interessierst«, sagte Annabell ein wenig ratlos.
»Es ist nicht er«, verriet Linda. »Ich meine, nicht nur, sondern lies mal weiter, hier, die Sache mit Betty.«
Betty Burnetts einzige Bekleidung waren nur noch die zierlichen Cowboystiefel, die bisher von dem bodenlangen Kleid verdeckt gewesen waren. Jetzt hatte Cassiter nur noch Augen für ihren faszinierenden Körper mit den kleinen, spitzen Brüsten und den langen Schenkeln. Er konnte sich nicht länger zurückhalten. Was sich hier seinen sehnsüchtigen Augen bot, war das Atemberaubendste, was er in seinem wilden Leben je gesehen hatte. Und so jung war sie. Siebzehn. Er küßte Betty lange auf den Mund, schmiegte sich an sie und fühlte sich wohl. Das ist doch immer wieder die schönste Nebensache der Welt, dachte Cassiter.
»Ganz schön bescheuert«, sagte Annabell. »Der hat ja keinen Verstand. Und so was liest du.«
»Es ist nicht das Lesen«, sagte Linda. »Es ist das Erleben.«
»Mit so einem Fiesling würde ich nichts erleben wollen«, sagte Annabell.
»Cassiter würde sich auch nicht für dich interessieren.«

»Ja, ich weiß«, meinte Annabell, »er liebt nur siebzehnjährige Mädchen mit kleinen, spitzen Brüsten und langen Schenkeln«, und sah Linda prüfend an. Die wußte selber, daß sie davon nichts aufzuweisen hatte, *nichts davon*, keine Spur von Spitzbusen, sondern eher schlaffe, halb aufgepumpte Luftballons, und ihre Schenkel hatten noch all den glänzenden Babyspeck, den man eben in diesem Alter völlig überflüssigerweise noch mit sich herumträgt.

»Du verstehst nicht, was ich meine«, sagte Linda und drückte das Heft fest an ihre Brust, so daß Annabell nicht mehr hineinschauen konnte. »Und laß mich jetzt in Ruh«, fuhr Linda fort. »Hau ab. Ich habe mir das extra für den Urlaub aufgespart.«

»Schöner Urlaub!« sagte Annabell. »Aber laß dich nicht von Papa erwischen.«

»Ach, Papa«, sagte Linda gedehnt. »Papa hat vielleicht immer Ideen. Wenn der wüßte, was ich jetzt für einen Hunger habe. Ich könnte glatt meine ganze Ration auf einmal aufessen, egal, zu welchem Ergebnis Daniel gekommen ist.«

Daniel saß im Wohnzimmer und war eben mit seinem Rationierungsplan fertig geworden. »Für jeden gibt es pro Tag zwei Zwiebäcke und drei Scheiben Knäckebrot mit Salami, Thunfisch oder Hüttenkäse«, sagte er. »Mittags dann eine Dose Linsensuppe, Hühnersuppe oder Rindfleischsuppe. Oder Fertiggerichte aus der Mikrowelle.«

»Auch wenn wir so ein Ding besitzen«, sagte Herr Moll, »möchte ich nicht, daß es unnötigerweise benutzt wird.«

»Es ist doch jetzt nötig«, sagte Frau Moll. »Wenn nicht jetzt, wann dann?«
»Man kann mir nicht erzählen, daß das gesund ist«, sagte Herr Moll. »Die Moleküle werden durcheinandergewirbelt.«
»Aber Papa«, sagte Daniel. »Es ist ein ganz natürlicher Vorgang.«
»Die Struktur der Lebensmittel wird verändert«, beharrte Herr Moll.
»Aber Papa«, sagte Daniel. »Es ist wie Kochen, nur ein bißchen schneller.«
»Und wahrscheinlich verändert der stetige Gebrauch sogar das Blutbild«, sagte Herr Moll.
»Das vom Gerät?« fragte Daniel.
»Ich mache keinen Spaß«, sagte Herr Moll. »Jedenfalls ist es zum Essen noch zu früh. Es ist noch keine zwölf.«
»Ich bin am Verhungern«, sagte Linda.
»Ich möchte nicht...« fuhr Herr Moll fort.
»Gerade wenn es verboten ist, habe ich die größte Lust drauf«, sagte Linda unbeirrbar. »Ist das nicht komisch?«
Herr Moll legte seine Lektüre zur Seite. »Nein, das ist nicht komisch, sondern fast ein Naturgesetz. Verbote und Verlangen hängen eng zusammen. Das ist übrigens auch recht gut beschrieben worden in dem Wissenschaftsreport über wilde Kinder, nicht wahr, Mama?«
Frau Moll verdrehte leicht die Augen und stand auf. Ihre Schritte führten sie in die Küche, und sie zog – was auch sehr merkwürdig war – alle wie magnetisch mit sich.
Daniel kam seiner Schwester zu Hilfe. »Kennst du nicht das elfte Gebot?« fragte er seinen Vater.

»Das wäre?« fragte Herr Moll.
»Du sollst deine Kinder Suppe essen lassen«, behauptete Daniel. Herr Moll konnte dem nichts entgegensetzen. Er stand auf und folgte seiner Familie brav in die Küche, und zum Glück war die Diskussion über Essen oder Nicht-Essen beendet.
Linda schaufelte die heiße Suppe und die Wiener Würstchen in sich hinein, was Annabell zu der Bemerkung veranlaßte: »Linda starb glücklich, aber mit vier Wienern im Mund.« Sie prusteten alle los, weil es so schön passend gewesen war, und Herr Moll nutzte die heitere Stimmung seiner Familie und fragte: »Na, und wie kommt meine Familie mit der Situation zurecht?«
Alle verstummten und sahen ihn mitleidig an.

Herr Moll war toll

Der schlimmste Tag war der Sonntag. Schon als Annabell aufgestanden war, hatte sie gewußt, daß es bescheuert werden würde, denn ein grauer Strichregen hatte die Welt eintönig und traurig gemalt. Das hieß, daß Onkel Willi und Tante Moskito aller Wahrscheinlichkeit nach ihr Haus nicht verlassen würden. Nicht das geringste Geräusch durfte also von der Familie Moll nach außen dringen.

Herrn Moll machte das nichts aus; er saß auf dem Schreibtischstuhl über seine Bücher gebeugt, als hätte er den Platz seit gestern nicht verlassen. Inzwischen mußte er eine Hornhaut auf dem Hintern entwickelt haben.

Vormittags las er *Die beiden Grundprobleme der Ethik* und nach einer ausgiebigen Gähn- und Reckpause das *ABC des Musikhörens*. Frau Moll lag fast den ganzen Tag ausgestreckt auf der Couch und umarmte ein Sofakissen. Herr Moll warf ab und zu einen fürsorglichen Blick auf sie. Wahrscheinlich meinte er, daß sie das süße Nichtstun genoß.

Zunächst wurde der Sonntag durch einen Anruf unterbrochen. *Wring, wring.*

Herr Moll fuhr zusammen, als ob er bei einem Verbrechen erwischt worden wäre, und setzte sich ein wenig

aufrechter, und Frau Moll sah sich um nach dem Apparat, der nun aber, als ob sich jemand vertan hätte, keinen Mucks mehr von sich gab.
Daniel sah mit flatternden Lidern auf Annabell, und ihr war klar, daß Biggi nervös geworden war ohne ein Lebenszeichen von Daniel. Der hustete und keuchte, gab vor, sich verschluckt zu haben. »Entschuldigt mal«, sagte er und rannte nach oben in sein Zimmer, war aber, um keinen Verdacht zu erregen, nach wenigen Sekunden wieder unten. Hatte er Biggi durch kurzen Rückruf von seinem Apparat aus zu verstehen gegeben, daß alles in Ordnung war?
Richtig, nach kurzer Zeit wieder: *Wring, wring,* Pause, *wring, wring.* Biggi hatte verstanden, daß Daniel nicht umgekommen war oder sich – sagen wir – einer Siebzehnjährigen mit kleinen, spitzen Brüsten zugewandt hatte. Daniels Atem, der in einem langen Stoß aus Mund und Nase kam, verriet jedem, der sich ein wenig in der Welt auskannte, seine Erleichterung, aber Herr Moll kapierte nichts. Er ließ sich nach einer Weile – als das Telefon schwieg – einfach wieder entspannt an die Stuhllehne fallen.
»Vielleicht hat sich jemand verwählt«, sagte er.
»Bestimmt«, versicherte ihm Daniel.
»Und wie geht es euch allen so?« fragte Herr Moll, der gut gelaunt zu sein schien. »Daß es Mama gutgeht, weiß ich«, fuhr er fort, ohne eine Antwort auf seine Frage abzuwarten. »Sie fühlt sich wohl, wenn ich in ihrer Nähe bin.«
Frau Moll nahm den Satz, wie er gemeint war. Nicht an-

maßend, nicht eingebildet. Sondern so, wie er von Partnern in einer langjährigen Gemeinschaft, die schon jenseits von Gut und Böse angesiedelt ist, gesagt werden kann, wenn sie sich der Rückendeckung ihrer Angetrauten sicher sind. Sie grinste ihre Kinder an, als ob Herr Moll einen Spaß gemacht hätte.

Da ging erneut das Telefon. *Wring, wring* und nach kurzer Pause: *wring, wring.*

»Merkwürdig«, meinte Herr Moll. »Es hört sich sehr nach einer Fehlschaltung der Post an.«

»Und wir können noch nicht mal die Störungsstelle benachrichtigen«, sagte sein Sohn. »Sonst wüßte man ja Bescheid, daß wir zu Hause sind.«

»Da hast du recht«, sagte Herr Moll. »Obwohl... was geht es die Post an...«

Daniel beherrschte die Regeln der Diplomatie. Zunächst gab er Herrn Moll zu verstehen, daß er auf seiner Seite war. »Dem Postamt ist es völlig schnuppe«, sagte er, fügte dann aber hinterlistig hinzu: »Aber man kann nie wissen. Nachher schicken sie noch jemanden vorbei, der den Anschluß überprüfen will und behauptet, die Störungsstelle sei von hier aus angerufen worden.«

»Ja, sicher ist sicher«, bestätigte Herr Moll. »Mit so einer Störung werden wir wohl leben müssen.«

Frau Moll interessierten Störungen überhaupt nicht. Sie wälzte sich, ohne das Kissen loszulassen, von der linken auf die rechte Seite und pflegte ihre Depression. Annabell war auch nah daran, verrückt zu werden. Sie suchte die Straße und das Weite mit dem Fernglas ab. Niemand und nichts zu sehen außer einer schwarzweißen Katze, die gegenüber auf der Fensterbank lag und schlief. Sie dachte daran, wie kurzweilig Schule doch gewesen war, und ihr fiel Röschen ein, der sie versprochen hatte, eine Ansichtskarte zu schicken. Alle Leute versprechen, Ansichtskarten zu schicken. Versprechen? Alle Leute *verschicken* Ansichtskarten! Das könnte ein Problem werden.

Probleme waren dazu da, gelöst zu werden, und als Annabell ihres der Familie vortrug, freute man sich rundum, daß es eines gab, das man zu lösen hatte. Mit Feuereifer (und als ob es sonst nichts zu tun gäbe) nahm man sich der Sache an. Herr Moll schlug vor, aufs Schreiben von Ansichtskarten zu verzichten und abzuwarten, wer von den Bekannten von sich aus eine schicken würde, also Liebesgrüße aus reinstem Herzen sendete und nicht als Pflichtübung für empfangene Ansichtskarten.

»So kann man Freundschaften überprüfen«, sagte Herr Moll.

»Iii«, machte Frau Moll. »Kann mir einer verraten, wieso ich ausgerechnet an den geraten bin? Und: Hab ich je eine Ansichtskarte von dir bekommen?«

»Du hast mich bekommen«, sagte Herr Moll und sah sehr unschuldig aus.

»Ich möchte Röschen aber freiwillig eine Karte schikken«, sagte Annabell. »Ich hab es ihr versprochen, weil ich sie mag, und nicht, weil sie es von mir verlangt hat.« Sie hätte auch gern an Finn Rückert eine Karte geschrieben. Und dann fiebernd drauf gewartet, ob er reagieren würde.

Herr Moll sah Annabell lange Zeit stumm an. Sie wußte nicht, ob ihr Vater Gedanken lesen konnte. Sie versuchte

aber, seinem Blick standzuhalten, und gewann: Herr Moll schaute als erster weg.
»Wie sollen wir denn hier an Ansichtskarten herankommen?« fragte Linda.
Herr Moll runzelte die Stirn. Dann lief er zum Schreibtisch und fischte aus der Schublade mit den Gummibändern, den leergeschriebenen Kugelschreibern und den Paketkarten eine Ansichtskarte raus, deren Rückseite noch unbeschriftet war.
»Florenz«, sagte er. »Italien.«
»Danke, Papa«, sagte Annabell schnell. Ihr Vater war in diesem Moment in ihren Augen auf der Skala der Beliebtheit ein ganzes Stück hochgeschnellt: neunundneunzig Punkte!
»Florenz ist nicht Tirol«, sagte Frau Moll.
»Rundreise, Mama!« sagte Daniel. »Wir machen eine Rundreise. Tirol, Florenz, Nizza.«
»Marseille«, sagte Linda. »Barcelona und Madrid.«
»Ich habe noch eine Ansichtskarte von der Nordsee«, sagte Frau Moll und holte ihr Lieblingsbild aus dem Schlafzimmer. Es war mit einer Stecknadel an die Wand gepinnt worden. Krabbenkutter in der Abenddämmerung.
»Karten mit Nadelstichen könnten verhängnisvoll sein«, meinte Herr Moll.
»Hast du schon mal nachgesehen, ob Postkarten, die du erhältst, Löcher aufweisen?« fragte Frau Moll.
»Ich schaue mir Ansichtskarten überhaupt nicht an«, sagte Herr Moll. »Davon rede ich ja die ganze Zeit: überflüssiges Zeug!« Er griff nach dem Bild mit dem Krabbenkutter und fuhr mit dem Fingernagel über das winzige Loch am

oberen Rand der Karte. »Nun kann man es nicht mehr sehen«, sagte er. »Verschicken!«
Annabell hatte noch den Eiffelturm, das Ufer der Seine und eine alte Frau mit Pfeife in ihrer Schuhkastensammlung. Sie entschied sich, den Eiffelturm zu opfern und irgendwann einmal wieder nach Paris zu fahren, um Ersatz zu beschaffen.
Linda hatte ihr Fotoalbum geholt. Damit hatten sie es am schwersten. Erstens waren die Bilder mit Klebestreifen auf die kartonierten Seiten geklebt, und zweitens gab es auf ihnen nichts Typisches zu sehen, typisch für *ihre* Rundreise: der König von Schweden, die Königin von Schweden, der König von Dänemark, die Königin von Dänemark, ein Seehund und ein bayrischer Bauer in Lederhosen, zu dessen Füßen ein unanständiger Spruch zu lesen war.
Linda sah mit Tränen in den Augen zu, wie Daniel ihr Album begutachtete und an der ersten Karte ausprobierte, ob man den Tesafilm von der Glanzbeschichtung lösen konnte, ohne Spuren zu hinterlassen.
»Vielleicht brauchen wir deine Karten gar nicht«, sagte Herr Moll und rettete Lindas Schätze, denn Daniel ließ gleich die Finger von der Königin von Schweden. »Nur die nötigsten Adressaten«, fügte Herr Moll hinzu.
»Röschen«, sagte Annabell.
»Oma Moll«, schlug Frau Moll vor.
»Die Winters?« Herr Moll zögerte noch.
»Onkel Arthur«, sagte Linda. »Obwohl sein Sohn Fabian widerlich ist: Er frißt Popel.«
»Linda!« sagte Herr Moll.
»Ist doch wahr«, verteidigte sich Linda.

»Und wie wollt ihr eigentlich an die Briefmarken kommen?« fragte Daniel. »Die richtigen meine ich natürlich. Frankreich, Spanien und so weiter. Italien.«
»Wir könnten Bundespostmarken draufkleben und die Karten, wenn wir wieder zu Hause sind, hier in den Postkasten werfen«, schlug Herr Moll vor. »Keiner von euren Freunden wird so was merken.«
»Welche Freunde sind so blöd, es nicht zu merken?« wollte Annabell wissen. Sie sah ihren Vater herausfordernd an: »Welche?«
Linda flüsterte: »Finn Rückert.«
»Ich mein ja nur«, sagte Herr Moll.
»Lehrer sind blöd«, sagte Annabell. »Irgendwie... manchmal... und zeitweilig... oft... falls du meinst, daß du es nicht merken würdest, das mit der deutschen Briefmarke auf ausländischen Ansichtskarten...«
Alle hielten den Atem an in Erwartung einer passenden und *väterlichen* Antwort, aber Herr Moll sagte nur: »Ich hab schon verstanden.«
»Was hast du verstanden, Schatz?« wollte Frau Moll wissen, die nicht zugehört hatte.
»Aber so wird's gemacht«, sagte Herr Moll und ignorierte den Einwurf seiner Frau. »Oder hat jemand eine andere Idee? Nein? Und wo bekommen wir wohl die Briefmarken her? Soll ich's sagen? Aus Daniels Briefmarkensammlung nämlich. Daniel!«
Das wäre die beste Idee gewesen (Herr Moll war toll!), aber Daniel war schon aufgesprungen – mit einem unterdrückten Urschrei – und in sein Zimmer gerannt, um seine Schätze gegen die Angriffe der feindlichen Horden

zu verteidigen. Und so würde in diesem Jahr der Versand von Ansichtskarten aus Paris und anderswo aller Voraussicht nach unterbleiben, es sei denn, man würde schließlich doch Herrn Molls zweitbestem Vorschlag folgen und am angenommenen Tag der Rückreise die Karten mit Bundespostmarken versehen. Schließlich war eine Rundreise so anstrengend, daß man erst am Ende dazu kam, die fast schon vergessenen Ansichtskarten abzuschicken. Logisch, nicht wahr?

No Bahamas

Montag früh war Linda nicht zu genießen. Sie heulte schon am Frühstückstisch.

»Sie hat ihre Tage bekommen«, verkündete Frau Moll.

»Hat sie Bauchschmerzen?« erkundigte sich Herr Moll.

»Sie hat nichts im Haus«, sagte Annabell. »Ich bin auch nicht auf alle Fälle eingestellt.«

»Was heißt das?« fragte Herr Moll.

»Mensch, kapier doch«, sagte Daniel, der vorgab, Experte in solchen Dingen zu sein, »sie hat nichts von diesen fraulichen Sachen da.«

»Binden?« fragte Herr Moll.

Linda bestand nur noch aus Rotz und Wasser. Es lief aus Augen und Nase. Sie nickte schluchzend.

»Ja, herrgottnochmal«, sagte Herr Moll und schlug mit der geballten Hand verhalten, aber nachdrücklich genug auf den Tisch. »Das ist alles nicht richtig organisiert. Einen gewissen Vorrat muß sich doch jeder anlegen. Ich konnte doch nicht auch noch daran denken.«

»Ja, wir wissen, daß du der große Organisator bist«, sagte Frau Moll mit einem gut hörbaren ironischen Unterton. »Aber deine Organisation und Ordnungsliebe grenzt schon an Pedanterie. Das ist manchmal nicht zum Aushalten.«

»Meinst du, daß deine Liebenswürdigkeit uns im Leben

weiterhilft?« Herr Moll war aufgebracht. Kopf und Hals waren puterrot.
»Was schreist du mich so an?« brüllte Frau Moll zurück. »Du hast immer gesagt, daß du mich als ausgleichendes Element in unserer Familie schätzt. *Schätzt? Liebst!* hast du gesagt.«
Linda und Annabell sahen ihre Eltern erschrocken an. Daniel versuchte zu beruhigen. »Jedes Ding hat zwei Seiten«, sagte er. »Eure Stärken sind auch eure Schwächen. Schaut mich an. Ich bin ein Trottel, aber dabei ganz liebenswürdig. Ich hasse Schwestern, aber ohne sie wäre es langweilig.«
Herr Moll strich sich erschöpft über die Stirn. »Wenn wir so weitermachen, Jungs, bringen wir uns am Ende noch gegenseitig um.«
»Ich wußte ja nicht, daß ich eingesperrt werde«, schluchzte Linda. »So was gibt es doch überall, Binden, auch in Italien und sonstwo.«
»Und was jetzt?« Herr Moll sah seine Frau hilfesuchend an, als ob er ihre ausgleichende Art wieder zu schätzen wußte.
Frau Moll zuckte mit den Achseln. »Früher hatten die Leute selbstgestrickte Binden«, sagte sie. »Und die wurden immer wieder ausgewaschen.«
»Selbst wenn ich mithelfe«, sagte Daniel, der im Grundschulalter wie alle Moll-Kinder Stricken gelernt hatte, »wir würden Tage brauchen, um ihr einen Vorrat zusammenzustricken.«
Linda, die zu heulen aufgehört hatte, weil es offensichtlich guttat, andere Leute die eigenen Probleme lösen zu

lassen, sagte: »Wir haben nur Schurwolle im Haus, und die kratzt.«
»Wir könnten Bettlaken zerschneiden«, schlug Herr Moll vor.
»Und wohin damit?« fragte Frau Moll. »Wir können noch nicht mal unseren normalen Müll rausbringen.« Demonstrativ strich sie das Einwickelpapier der Butter mit der Handkante glatt und faltete die leere Käseschachtel auseinander, daß sie flach lag und äußerst platzsparend entsorgt werden konnte.
»Man kann auch Klopapier nehmen«, sagte Annabell, die sich manchmal auch, ohne eingesperrt zu sein, nicht immer erstklassig organisieren konnte. »Sieben Lagen übereinander: Das funktioniert und kratzt nicht.«
»Wir könnten einen Vorrat an sieben Lagen Klopapier falten«, sagte Daniel mitleidig. »Ich helfe gern.«
»Nein, danke«, sagte Linda und zog die Nase hoch. »Das kann ich noch allein.«
Dann wurde es ruhig bei Familie Moll. Man konnte förmlich sehen, wie die Wellen geglättet waren. Jeder tat, als ob er sehr beschäftigt war: Daniel mit seiner geretteten Briefmarkensammlung, die er sich schon ewig nicht betrachtet hatte, und die anderen beugten sich über irgendwelche Lektüre, wobei bemerkenswert war, daß nur aus Herrn Molls Richtung das Geräusch umgeblätterter Seiten vernommen werden konnte.
Seine Ausdauer war bewunderungswürdig. Erst kurz vor zwölf Uhr reckte er sich und wanderte in die Küche. Er schien den Vorrat an Dosen zu sichten und nichts Passendes zu finden. Annabell hatte Mitleid mit ihm.

»Wollen wir was zu essen kochen?« fragte sie, froh, daß es Abwechslung in dem Einerlei des Tages geben würde.
»Keine Mikrowelle«, sagte Herr Moll.
»Für Mikrowelle ist sowieso Daniel zuständig«, meinte Annabell. »Er ist darin Experte. Aber es soll wirklich ganz einfach sein. Vielleicht probieren wir es mit Eierkochen.«
»Na ja«, sagte Herr Moll. »Wenn du meinst. An einem Ei kann man wirklich nicht viel verderben.«
An einem Ei konnte man doch viel verderben! Annabell legte es in ein Schüsselchen mit wenig Wasser. Dann drückte sie ein paar Tasten und schloß die Tür des Mikrowellenherds. Vater und Tochter hockten vor dem Gerät und starrten fasziniert in den hell erleuchteten Innenraum. Dann gab es einen eigenartigen, dumpfen Knall.
Die beiden Köche fuhren erschrocken zurück, denn das Ei war wie mit Dynamit gezündet in tausend ekelhafte Stücke zerplatzt.
Der Rest der Familie war herbeigeeilt.
»Wie kann man auch Eier in der Mikrowelle kochen«, sagte Daniel. »Das ist strengstens verboten.«
»Ich wußte doch, daß es gefährlich ist«, sagte Herr Moll.
»Quatsch«, sagte Daniel. »Hähnchenschenkel zum Beispiel gehen prima. Probier's mal.«
»Ich?« fragte Herr Moll entsetzt.
Annabell hatte inzwischen die ganze Eierschweinerei aus dem Gerät entfernt.
»Ich garantiere dir...« sagte Daniel und bot Herrn Moll zwei folienverpackte Hähnchenschenkel an. »Nun mach schon.«

Herr Moll sah aus, als ob er nicht um jeden Preis der Spielverderber sein wollte. Er legte das, was Familie Molls Mittagessen sein sollte, in eine eigens dafür vorgesehene Schüssel, die Daniel ihm eilfertig gebracht hatte.
»Und dann?« fragte Herr Moll.
»Rein in die Kiste und anstellen«, sagte Daniel. »*Watt* auf sechshundert und *Zeit* auf zwanzig.«
»Das ist alles?« fragte Herr Moll.
»Das ist alles«, bestätigte Daniel und verließ die Küche.
Frau Moll zog sich erleichtert und sehr friedlich aussehend zurück, war sie nun doch einiger Verantwortung enthoben. Sie schien es offensichtlich zu genießen.
Linda hatte sich einen roten, runden Lutscher geschnappt, auf den Küchentisch gesetzt und klapperte mit dem Lolli rhythmisch gegen ihre Zähne.
»Mach mich nicht nervös«, sagte Herr Moll, als ob er das erste Mal eine Mahlzeit vorbereiten würde. Dabei war er doch längst als Weltmeister im Bratwurstgrillen von der Familie anerkannt.
»Und?« rief Daniel nach einiger Zeit. »Wie sind sie geworden?«
»Woher soll ich das wissen?« fragte Herr Moll zurück. »Die zwanzig Minuten sind noch nicht vorbei.«
»Minuten?« Daniel war mit zwei, drei Sprüngen bei ihnen. »Sekunden!« schrie er und drückte auf die Taste *Open*.
Die Hähnchenschenkel waren nicht geplatzt oder sonstwie verschwunden. Sie lagen nur sehr braun und auch recht appetitlich in der Schüssel. Aber zu genießen waren sie nicht. Sie waren steinhart und trocken.

»Wie Mumien«, sagte Linda, die nur kurz ihren Lutscher aus dem Mund genommen hatte und an einem Stück Hähnchenschenkel knabbern wollte.
»Ich wußte doch, daß das Gerät nichts taugt«, sagte Herr Moll.
Zum Glück verkniff sich Daniel einen Kommentar.
»Komisch« sagte Frau Moll. »Daniel kann sonst ganz gut damit umgehen.«
»Zur Strafe gibt es heute nur eine Scheibe Knäckebrot«, sagte Herr Moll.
»Strafe?« fragte Frau Moll und stellte sich drohend vor ihrem Mann auf.
»Ja«, sagte Herr Moll trotzig. »Nein. Ich meine, unser Vorrat ist doch rationiert. Mehr als Knäckebrot ist heute nicht drin.«
»Na schön«, sagte Frau Moll. »Ich wollte sowieso in den Ferien abnehmen.«
Nach dem Essen – Herr Moll hatte sich gerade zu seinem Schläfchen hingelegt – informierte Frau Moll ihre Kinder darüber, daß sie es nicht mehr aushalten würde. Sie befanden sich – bis auf Herrn Moll – in der Küche hinter verschlossener Tür und beratschlagten die Situation. Es war eine ernsthafte Krise, die zweite schon an diesem Tag, und allen war klar, daß sie – wenn einer von ihnen sich schon am dritten Tag so aufführte – die gesamten zwei Wochen nie durchhalten würden, ohne am Schluß in eine Heil- und Pflegeanstalt eingeliefert werden zu müssen.
»Was soll ich denn machen?« fragte Frau Moll in einem leisen, aber verzweifelt klingenden Ausruf. »Ich kann nun mal nicht zwölf Stunden am Tag lesen. Ich muß was *tun*.

Ich dachte, ich könnte irgendwo an einem Strand stundenlang spazierengehen oder Steine sammeln oder Blumen zum Trocknen pflücken. Oder sonst was Nützliches machen.«
»Blumen pflücken ist auch nichts Nützliches«, sagte Linda, die mit ihrem Cassiter ganz gut zu leben schien. Annabell hatte sie nicht nur mit Betty Burnetts Geschichte aus *Cassiter und die schöne Spielerin* ertappt, sondern bereits bei der Fortsetzung. Außerdem hatte die Schwester vorgesorgt: *Cassiter zähmt die Zügellosen*, *Cassiter im Saloon der roten Lulu* und *Cassiter und die Leder-Lady* hieß ihr weiteres Lesefutter.
»Du redest wie dein Vater«, seufzte Frau Moll. »Er weiß auch nicht, daß die kleinen schönen Dinge im Leben dasselbige erst lebenswert machen, und dazu gehören eben Seidenblumensträuße, Steinbilder und gemalte Landschaften.«
»Dann setz dich doch hin und male deine Landschaften«, riet Linda. »Malen und zeichnen ist doch lautlos. Das ist dir sicherlich erlaubt.«
»Das Problem ist, daß ich kaum Material im Haus habe. Ich wollte in den Ferien eigentlich auch nichts produzieren, sondern auftanken.«
»Und abnehmen«, erinnerte Daniel sie.
Frau Moll schüttelte mißbilligend den Kopf.
»Und wenn du dir das Material besorgst?« fragte Annabell.
»Wie denn?«
»Papa schläft, und Tante Moskito ist auch noch nicht zurück.«

»Was heißt das?« fragte Frau Moll, die nicht sonderlich phantasievoll war, auch wenn sie die tollsten Kunstwerke aus trockenen Blumen und ein bißchen Wasserfarbe zaubern konnte.

»Was ich meine, ist, daß du jetzt einkaufen gehst«, sagte Annabell.

»Das geht nicht«, sagte Frau Moll. »Das ist Verrat. Und garantiert laufe ich jemandem in die Arme, der mich kennt. Tante Moskito zum Beispiel.«

»Dann geh doch nicht als Frau Moll aus dem Haus, sondern als jemand anderes«, riet Annabell.

»O ja«, sagte Linda. »Als unsere Putzfrau zum Beispiel.«

»Wir haben keine Putzfrau«, sagte Frau Moll. »*Wir* sind unser aller Putzfrau.«

»Das ist gar nicht schlecht«, sagte Annabell. »Du gehst als irgendeine Putzfrau, so daß dich keiner erkennen kann.«

»Wie sieht denn irgendeine Putzfrau aus?« wollte Frau Moll wissen. »Muß ich mir eine Warze ankleben oder draußen mit einer Kittelschürze rumlaufen?«

»Tante Moskitos Putzfrau fährt BMW«, sagte Linda. »Eigentlich ist es egal, wie du aussiehst.«

»Und wir übernehmen die Wache, damit du unbemerkt aus dem Haus gehen kannst und auch wieder reinkommst«, sagte Daniel.

»Zur Not gibst du Papa eins über den Schädel«, sagte Linda.

»Linda!« Frau Moll fand die Idee nicht besonders gut. Sie ließ sich aber nach oben führen und verkleiden. Es fand sich ein Kostüm aus der Zeit vor fünfzehn Jahren, als die Zwillinge noch nicht ihre Spuren hinterlassen hatten. Der Reißverschluß mußte also offenbleiben und der kurze Rock mit einer Sicherheitsnadel gehalten werden. Dazu ein Seidenkopftuch, das sie um den Kopf schlang und hinten verknotete. Lindas sehr dunkle Sonnenbrille vollendete das Bild.

»Im Ernst«, sagte Annabell, »jetzt siehst du aus wie Audrey Hepburn in *Frühstück bei Tiffany*.«

»Quatsch.« Linda kannte sich besser aus. »Wie in *Ein Herz und eine Krone*.«

»Nee«, meinte Daniel. »Wie in diesem Film, in dem Audrey Hepburn blind ist und ermordet werden soll oder nein, wie in dem, wo sie mit Humphrey Bogart rummacht, der so stoffelig ist, daß er nicht merkt, daß sie in ihn...«

»Es ist mir schittegal, in welchem Film ich auftrete«, sagte Frau Moll. »Hauptsache, ich bin Audrey Hepburn und drehe nicht zu Hause durch als Frau Moll.«

Sie steckte sich Geld ein. Vom Flurfenster aus betrachteten ihre Kinder die nähere Umgebung und öffneten, als die Luft rein war, vorsichtig die Haustür. Frau Moll machte den ersten Schritt in die Freiheit, den zweiten und stöckelte dann vollendet wie eine Profischauspielerin und ziemlich schnell durch den Vorgarten, hinaus auf die Straße und somit aus der Gefahrenzone. Sie hatte eine Gangart drauf, die bewies, daß man – wie zum Beispiel das Radfahren – auch das Laufen auf hohen Hacken nicht verlernt.

Abgemacht hatten sie, daß Frau Molls Freigang höchstens

eine Stunde dauern dürfte. Herr Moll lag mittags gewöhnlich etwas länger in Morpheus' Armen.
Dieses Mal wachte er, von seinem eigenen Schnarchen erschreckt, zwischendurch auf, sah irritiert kurz in die Runde und fragte: »Wo ist Mama?«
»Auf'm Pott«, meinte Linda geistesgegenwärtig und lakonisch. Herr Moll war's zufrieden, stopfte sich das Kissen unter dem Kopf zurecht und entschwand erneut; seine sägenden Mund- und Nasengeräusche sagten seinen Kindern, daß die Gefahr vorbei war.
Audrey Hepburn war zuverlässig. Knapp eine Stunde später konnte man sie mit einer Tragetasche unter dem Arm zurückkommen sehen. Leider tauchte ziemlich gleichzeitig auch Tante Moskito auf. Frau Moll war gewieft, das merkten auch ihre Kinder, die nervös am Fenster von Annabells Zimmer standen, von dem aus man – Annabell wußte das natürlich am meisten zu schätzen – den besten Überblick über die Straße hatte. Als Tante Moskito vom Bürgersteig abbog und den Weg zum Haus nahm, lief Frau Moll einfach geradeaus, drehte ein paar Häuser weiter um und ging die Tour zurück. Wieder in der Nähe ihres Zuhauses, hob sie die Hand und kratzte sich am Kopf. Es war klar, daß sie Hilfe brauchte. Sie konnte unmöglich die Straße ewig rauf- und runterlaufen, denn sonst hätte sie nicht mehr wie Audrey Hepburn ausgesehen, sondern ganz eindeutig wie Shirley MacLaine in *Irma la Douce*.
Daniel rettete die Situation. Sobald nämlich Tante Moskito im Haus verschwunden war, schob er die Gardine von Annabells Fenster zur Seite, gab Audrey Hepburn mit

der Hand ein beruhigendes Zeichen, das besagte, daß kein Grund zur Panik vorlag und Hilfe im Anmarsch sei. Dann ging er an Annabells Telefon und wählte Tante Moskitos Nummer. In dem Moment, als am anderen Ende der Leitung abgehoben wurde (Daniel hatte den Lautsprecher angestellt, und seine Schwestern konnten mithören), gab Annabell der Mutter ein Zeichen, daß sie reinkommen könnte. Linda war etwas schwer von Begriff. Daniels abschiebende Handbewegung und den nach unten gerichteten Zeigefinger deutete sie so, als müsse sie auf dem Fußboden was suchen, bis Daniel ihr einen gezielten Tritt in den Hintern gab und sie ihre Aufgabe begriff: leise die Haustür zu öffnen.

Tante Moskito schrillte in einer Tour ins Telefon: »Wer ist denn da, wer ist denn da?«

Daniel verstellte die Stimme und rief in den Hörer: »Hab ich mich vielleicht verwählt?«

»Das weiß ich doch nicht«, meinte Tante Moskito und: »Wen möchten Sie denn sprechen?«

»Ist dort Sommer?« fragte Daniel mit hoher Kopfstimme.

»Nein«, sagte Tante Moskito. »Hier ist Winter.«

Schließlich, als Daniel mitbekommen hatte, daß seine Mutter gerettet war, meinte er: »Der Sommer ist mir eigentlich lieber als der Winter.«

Annabell kicherte los, und Tante Moskito sagte etwas, das man ihr eigentlich nicht zugetraut hätte: »Blödmann«, und legte auf.

Daniel und Annabell konnten sich kaum beherrschen. Annabell hielt ihrem Bruder die geschlossene Faust mit

dem hochgestreckten Daumen anerkennend entgegen; was Telefonspielchen betraf, so war er unschlagbar.
Frau Moll hatte sich, um kein Risiko mit ihrem Mann einzugehen, noch unten an der Garderobe von ihrer Verkleidung befreit. Sie lief ziemlich unkonventionell in einem champagnerfarbenen Hemdröckchen durch den Flur. Herr Moll, der aus einem bösen Traum erwacht zu sein schien, stand grimmig im Türrahmen. »Wie siehst du denn aus?« fragte er.
Da Frau Moll aber in ihrem leichten Aufzug nicht unattraktiv aussah, glätteten sich seine Züge bald. Als sie es wagte, seinen Standort mit selbstbewußtem und aufrechtem Gang zu passieren, griff er sogar zu und wirbelte sie zu sich heran. Er drückte sie an sich und gab ihr einen – ja: filmreifen – Kuß, so leidenschaftlich, wie Herr Moll es sein konnte, wenn seine Kinder anwesend waren. Frau Moll bekam einen roten Kopf und kämpfte ein wenig mit ihrem Ehemann, als ob sie ihr Image als geschlechtsloses Wesen und Mutter dreier Zöglinge retten mußte. Aber – das wußten auch die Moll-Kinder, selbst wenn es kaum zu glauben war – ihre Eltern waren einander zugetan und hatten es mindestens zweimal in ihrem Leben miteinander getrieben; die Beweise waren unumstößlich.
Frau Moll gewann den Kampf gegen ihren Mann. Es blieb ihm nichts anderes übrig, als sie freizugeben. Mit heiserer Stimme fragte er: »Ist dir zu heiß geworden?«
Ihr Gesicht wurde noch dunkler, und sie antwortete: »Genau.«
Fast verdarb Herr Moll nun das Spiel. »Und wo bist du

gewesen?« fragte er. Die Kinder hielten allesamt den Atem an.

»In der Stadt«, sagte Frau Moll leichthin. »Ich war einkaufen.«

Da lachte Herr Moll, als ob sie einen Scherz gemacht hätte, und genau das war wohl ihre Absicht gewesen. Sie war gar nicht dumm, diese Frau Moll.

Der Montag wurde dann noch ein sehr schöner Tag. Frau Moll, nachdem sie wieder normal und Mutter geworden war, saß im Wohnzimmer und bastelte an ihren Seidenblumensträußen. (Binden hatte sie in ihrer fürsorglichen Weise auch mitgebracht.)

Herr Moll sah ihr fasziniert zu. Nach einer Weile schüttelte er den Kopf.

»Wenn man wenigstens Geld damit verdienen könnte«, sagte er.

»Man kann schon«, sagte Frau Moll. »Zweiunddreißig Mark der Strauß.«

»Und das Material?« fragte Herr Moll.

»Hm«, machte Frau Moll und sah angestrengt gegen die Zimmerdecke, »so etwa zwölf Mark dreißig.«

»Gut«, sagte Herr Moll. »Und wieviel Stunden arbeitest du an so einem Ding?«

»An so einem Strauß?« fragte Frau Moll.

»Du weißt schon, was ich meine«, sagte Herr Moll.

»Wenn es gutgeht, dann vielleicht drei Stunden«, sagte Frau Moll.

»Das macht sechs Mark sechsundfünfzig die Stunde«, sagte Herr Moll, der damit seine ausgezeichneten Mathematikkenntnisse unter Beweis stellte.

»Wirklich?« fragte Frau Moll und sah ehrlich erstaunt aus. »So wenig?«
»Das habe ich mir gedacht«, sagte Herr Moll. »Wenn du als Putzfrau arbeiten würdest, könntest du mehr Geld verdienen als mit deinem blöden Laden.«
»Putzfrau ist aber kein sehr geachteter Beruf.« Daniel kam seiner Mutter zur Hilfe.
»Seidenblumenstraußbastlerin auch nicht«, sagte Herr Moll und lehnte sich zurück.
»Sie macht ja auch noch andere Sachen«, sagte Annabell.
»Zum Beispiel?« fragte Herr Moll.
»Sie malt Bilder und verkauft sie in ihrem Laden. Und sie verkauft Kunst von anderen Leuten und kriegt Provision dafür.«
»Ja«, sagte Herr Moll. »Gerade so viel, daß sie davon die Miete vom Laden bezahlen kann.«
»Und ein bißchen mehr«, sagte Frau Moll.
»Ja«, sagte Herr Moll. »Ein bißchen.« Er betonte das Wort *bißchen* ganz besonders. »Ihr könnt es drehen und wenden, wie ihr wollt. Mehr als sechs Mark sechsundfünfzig kommt dabei nicht heraus. Oder?«
Frau Moll zuckte mit den Achseln. »Ich habe noch nie nachgerechnet«, sagte sie.
»Das solltest du aber«, sagte Herr Moll.
»Aber vielleicht macht es ihr Spaß«, sagte Linda.
»Ist das ein Grund, die Zeit zu vergeuden?« wollte Herr Moll wissen. »Mir machen eine Menge Dinge Spaß, die mir keiner bezahlt. Aber das Leben bringt es so mit sich, daß man sich mit vielen Sachen beschäftigen muß, die

keinen Spaß machen und für die man manchmal auch nichts bezahlt bekommt.«

»Dachrinnen reinigen«, sagte Frau Moll und nickte heftig mit dem Kopf.

»Richtig«, sagte Herr Moll. »Aber das könnten wir ja bis ins Unendliche weiterführen. Dachrinnen reinigen und Kinder erziehen macht keinen Spaß, ist aber notwendig. Ich will mich jetzt nur auf das Berufliche konzentrieren. Und da muß man irgend etwas machen, wovon der Schornstein raucht. Kunst und Kunsthandwerk kannst du da nun mal vergessen. Und für so was hat Mama studiert.«

»Du hast doch auch studiert, und jetzt sitzen wir in der Falle«, sagte Daniel.

»Wie bitte?« fragte Herr Moll und trug Gewitterwolken über seinem Haupt.

»Er meint bestimmt nicht *Falle*«, sagte Annabell. »Bestimmt denkt er, daß wir jetzt, wenn du mehr verdienen würdest, meinetwegen in Italien säßen.«

»Das meine ich auch«, sagte Herr Moll. »Und wenn eure Mutter mehr verdienen würde als sechs Mark sechsundfünfzig, dann könnten wir auch weiß Gott wo sitzen.«

»Auf den Bahamas«, sagte Linda.

»No Bahamas!« sagte Herr Moll, der nämlich auch Englisch konnte.

»Wieso eigentlich nicht?« fragte Annabell. »Das sind paradiesische Inseln. Man kann dort stundenlang am Strand spazierengehen und Steine sammeln und Blumen zum Trocknen pflücken.«

»Ich möchte das alles hier nur grundsätzlich diskutiert

wissen«, sagte Herr Moll. »Und zukunftsweisend für euch. Was immer ihr später beruflich machen wollt: Kein Kind von mir wird Kunst studieren.«
Eigentlich hatte auch kein Kind von Herrn Moll daran gedacht.
Frau Moll schnüffelte ein bißchen mit der Nase. Herr Moll legte ihr seine Hand in sehr unanständiger Weise aufs Knie. »Ich meine das nicht persönlich, sondern prinzipiell. Als ich dich kennenlernte, war es mir völlig egal, mit was du dich beschäftigt hast. Das Wichtigste, was du mit in unsere Beziehung gebracht hast, ist die Zuwendung zu mir.«
»Mir war es auch egal, daß du ein blöder Pauker bist«, sagte Frau Moll und wischte sich die Nase mit dem Handrücken ab. »Ich konnte Lehrer nie ausstehen und Berufsschullehrer schon gar nicht, aber bei dir hab ich das alles vergessen.«
Herr Moll schluckte einmal, zweimal, dann hatte er Frau Molls Bemerkungen verdaut, die wohl die sonderlichste Liebeserklärung war, die er je gehört hatte. Er patschte ihr noch einmal mit der flachen Hand aufs Knie. »Nun ja«, sagte er und sah seine Kinder an. »Ehe ist auch kein Zuckerlecken, wie ihr seht. Warum man dann überhaupt jemanden heiratet, weiß ich, verdammt noch mal, auch nicht.«
»Aus Liebe«, sagte Frau Moll leise und brachte damit die ganze Diskussion auf einen einfachen Nenner.
Annabell sah später auf die Straße, zwischen drei Uhr und fünf Uhr dreißig. Ein leichter Regen malte die Stadt trostlos, und sie ließ sich in eine tiefe Traurigkeit fallen. Alle

zwanzig Minuten erwischte sie Finn Rückert bei einer seiner Touren und war seltsam getröstet, als ob sein Anblick der Beweis dafür war, daß die Erde tatsächlich eine Kugel war, sich täglich einmal um sich selber drehte und alles Gute wiederkam.

Operation »Schlupfloch«

Freitag vormittag, als Tante Moskito zu ihrem täglichen Stadtbummel aufgebrochen war, erfand Herr Moll gut gelaunt eine neue Beschäftigung für sich. Sein Vorrat an sauberer Wäsche ging zur Neige, und er ließ sich freiwillig dazu herab, die benutzte Kleidung einzusammeln und in die Maschine zu stopfen. Es mußte schnell gehen, damit der Programmablauf auch rechtzeitig vor Tante Moskitos Rückkehr erledigt war. Auf die Angestellten im Haus nebenan nahmen sie inzwischen kaum noch Rücksicht, gingen doch alle davon aus, daß Büromenschen keine richtigen Nachbarn seien.

»Rot zu rot und blau zu blau«, riet Frau Moll ihrem Ehemann, als er sein Vorhaben, den Haushalt tatkräftig zu unterstützen, verkündet hatte.

»Unterhose zu Unterhose und Socke zu Socke«, schlug Annabell zaghaft und nicht zu lautstark vor, um nicht an der Aktion beteiligt zu werden.

Herr Moll wieselte fröhlich pfeifend durchs Haus, packte sich die Arme voll, drückte sich die Wäsche an den Leib und achtete beim Hinuntergehen darauf, nicht auf ein baumelndes Unterhemd zu treten. Als er schließlich aus dem Keller wieder auftauchte und befriedigt das vorläufige Ende seines Einsatzes verkündete, rappelte sich Frau

Moll seufzend und mit leidgeprüftem Gesichtsausdruck auf. »Ich schau mal lieber nach, ob du nicht doch noch was vergessen hast«, sagte sie.
»Es würde in jedem Fall zu spät sein«, sagte Herr Moll und ließ sich in einen Sessel fallen. Er war sichtbar zufrieden mit sich selbst. »Außerdem habe ich nur Weißes gewaschen«, erklärte er. »Unterwäsche.«
Frau Moll kam mit einigen vergessenen Relikten zurück. In der linken Hand hielt sie leicht schrumpelig aussehende Bustiers ihrer Töchter und in der rechten ihren spitzenbesetzten, baumwollenen Halbrock.
»Unterwäsche?« fragte sie kritisch. »Und was ist das hier?«
»Das hat sich mir nicht als solche zu erkennen gegeben«, sagte Herr Moll mit stoischer Ruhe. Er schien jedoch noch nicht ausgelastet genug zu sein und ging durch sein Haus, um die Stimmung in seiner Familie zu erforschen.
»Fein, fein«, sagte er. »Wie ich sehe, sind alle mit sinnvollen Arbeiten beschäftigt. Linda, du liest hoffentlich ein französisches Buch?«
Linda legte ihre Arme vorsichtig über *Cassiter zähmt die Zügellosen* und schien zu wünschen, daß es nicht zu auffällig aussah.
»Öh«, machte sie. »Eher amerikanisch.«
»Na gut«, sagte Herr Moll arglos. Er war immer noch gut gelaunt. »Im Grunde ist es mir egal, was ihr lest. Hauptsache, es ist fremdsprachliche Lektüre und ihr profitiert davon.«
»Ja, ja«, murmelte Linda und hielt ihren Kopf tief über das Heftchen gesenkt.

»Ich weiß nicht, warum wir überhaupt soviel lernen sollen«, meinte Daniel, »fremdsprachliche Lektüre und all das Zeug, und dann sind wir später sowieso arbeitslos.«
Er schien sich schrecklich zu langweilen, hatte die Arme hinter dem Kopf verschränkt und reckte sich hoch und sah einem müden Kater nicht unähnlich. Herr Moll ließ sich nicht beirren.
»Was genau meinst du eigentlich?« fragte er.
»Nun ja«, sagte Daniel und verharrte in seiner unbequemen Stellung. »Arbeitslose Lehrer und Mediziner als Küchenhilfen beispielsweise. In Schweden gibt es einen Professor, der Taxi fährt, weil er damit mehr Geld verdient als in seinem eigentlichen Beruf.«
»Oh, ich bin immer für neue Ideen aufgeschlossen«, sagte Herr Moll. »Wie möchtest du denn deine Brötchen verdienen?«
»Brötchen?« fragte Annabell und mußte kichern, weil ausgerechnet Daniel der einzige in der Familie war, der Brötchen verschmähte.
»Money, money, money«, sang Herr Moll.
»Ach so«, sagte Daniel. »Jetzt versteh ich, was du meinst.«
»Manche Leute kriegen Geld für nix«, sagte Annabell. Sie war auf der Jagd nach einer Mücke, hatte einen ihrer Hausschuhe ausgezogen und lenkte Herrn Moll damit herrlich ab von seinem Versuch, ein ernsthaftes zukunftsweisendes Gespräch zu führen.
»Klatsch das Vieh um Himmels willen nicht an die Wand«, sagte er. »Oder willst du die Tapete überstreichen?«

Annabell schüttelte den Kopf. »Aber wie soll ich Insekten töten, ohne sie an die Wand zu drücken?« fragte sie.
»Im freien Flug«, riet Daniel. »Ein Hausschuh links, ein Hausschuh rechts und die Mücke in der Mitte.«
»Das sag mal der Mücke, damit sie das kapiert«, sagte Annabell. »Wo ich es schon nicht ganz verstehe.«
»Du gehörst auch nicht zu den Intelligentesten«, sagte Daniel.
Frau Moll, die seit früh morgens mit Feuereifer an einem Aquarell gearbeitet und aus gelben und blauen und grünen Tönen eine Landschaft gezaubert hatte, die zum Träumen einlud, mischte sich in das Gespräch ein. »Im Ernst«, sagte sie. »Es würde mich interessieren, wie man auf leichte Art Geld verdienen kann, ohne dabei zu schwitzen.«
»Werbung«, sagte Annabell und machte ein Kußmaul. »Da brauchst du nur ein paar schöne Knie oder einen Herzmund zu haben, und die Sache ist gelaufen.«
»Bewirb dich doch für Werbung von Wegwerfwindeln«, schlug Daniel vor.
»Für Windeln bist du zuständig, wenn du mit Biggi so weitermachst«, sagte Annabell. Dann stellte sie sich hinter Linda und schaute ihr über die Schulter. Cassiter trieb es mit der Zügellosen. *Er war von einem wahren Liebesrausch gepackt worden. Mit einem dumpfen Knurren riß er sich die Kleidung vom Leib und warf sich mit wüster Gier auf die heißblütige Lorna. Fest umklammerte sie mit ihren Schenkeln seine Hüften, und sie zog dabei die Knie hoch, daß sie mit den Absätzen ihrer Cowboystiefelchen an seine nackten Hinterbacken kam. Im ersten Moment zuckte er heftig zusammen,*

und es sah aus, als ob er ihr eine Ohrfeige verpassen wollte. Aber als sie ein lustiges Lachen ausstieß, merkte er erst, daß diese schmerzhafte Berührung zu einer besonderen Variante des Liebesspiels gehörte. Wo hatte sie das nur gelernt? Etwa in dem Mädchenpensionat in Boston, das sie angeblich bis vor kurzem besucht hatte?

Nee, bestimmt nicht, in Schulen lernte man so was nicht, wußte Annabell. So was konnte man nur im Fernsehen sehen. Oder sich ausdenken. Das paßte zum Thema.

»Man könnte kitschige Romane schreiben«, sagte sie. »Die Leute kaufen so was wie verrückt, gell, Linda?« Linda sah von ihrer Lektüre auf und wurde rot.

»Er hieß Wolfgang«, erfand Annabell rasch, »und seine Augen trugen das strahlendste Blau, was man sich nur vorstellen kann. Wolfgang gehörte zu den Männern, die von einem zarten Mädchen träumten, das nur ihnen gehören würde und das die zukünftige Mutter seiner vielen Kinder werden würde. Sie mußte blonde, lockige Haare haben und einen Tomatenmund. Und ihr Name... würde Linda sein.«

»Blöde Kuh«, schrie Linda auf.

»Wo das alles hinführt«, jammerte Frau Moll und legte ihre Pinsel zur Seite. »Nur Zank und Streit«, sagte sie und dann, an ihren Mann gewandt: »Mußt du immer den Großinquisitor spielen?«

Herr Moll ignorierte die Frage, legte die Arme um seine Frau und sein Gesicht an ihre Wange.

»Wirklich schön«, sagte er und meinte unzweifelhaft das Gemälde mit der italienischen Landschaft, die verwischten Konturen der toskanischen Hügel.

Frau Moll schmiegte sich an ihren Ehemann. »Aber auch nutzlos, meinst du, nicht wahr? Ich höre da doch diesen Unterton heraus, mein Lieber.«
»Du verkennst mich«, sagte Herr Moll. »Ich habe aus tiefstem und ehrlichstem Herzen gesprochen. Übrigens, wir haben bald eine Woche geschafft, ihr Lieben. Halbzeit. Ist es denn so schlimm gewesen?«
»Eine Woche?« schrie Frau Moll erschrocken. »Wißt ihr, was das heißt? Morgen kommen Oma und Opa vorbei.«
»Willst du ihnen vielleicht noch eine Torte backen?« fragte Herr Moll. »Nun mach doch nicht immer so einen Wind, wenn deine Eltern uns besuchen.«
Es war, als ob Herr Moll einen Moment lang nicht alle beisammen hätte. Dann erfror die Munterkeit auf seinem Gesicht; er verstand und fragte ziemlich tonlos: »Du meinst...?«
»Ja, das mein ich«, sagte Frau Moll. »Wir dürfen morgen gar nicht dasein.«
»Laßt uns auf die Bahamas fahren«, schlug Linda vor und empfing nun sofort einen bitterbösen Blick von ihrem Vater, der in seinem eigenen Spiel gefangen schien.
Da klar war, daß eine Flucht nicht in Frage kam, bereitete sich die Familie nun darauf vor, sich am Samstag bei drohender Gefahr, sprich: den herannahenden Großeltern, im Hause zu verbergen. Sie probten den Ernstfall, wobei Herr Moll sich jegliche spontane Reaktionen verbat, wie unangebrachtes Lachen oder gar plötzliches, unmotiviertes Rausprusten.
Am nächsten Tag meldete sich Annabell freiwillig, die Si-

tuation auszuspähen. Mit dem Fernglas vor den Augen suchte sie vom frühen Nachmittag an die Straße ab, wanderte aber doch hin und wieder die gegenüberliegende Hausfassade hinauf. Tarzan saß auf dem Fensterbrett und schnitt sich ungestört mit einer Nagelschere Fransen in die Hosenbeine. Und die schwarzweiße Katze lag schläfrig und unbeweglich da, als ob sie schon seit Ramses II. ihre Zeit dort verbracht hätte.

Dann änderte Tarzan sein Programm und ermordete ein buntes Plastikungeheuer mit der Schere, und nach einer Weile tauchte unten auf der Straße Finn Rückert auf. Er ritt auf seinem Brett die Straße runter wie ein Surfer auf der Riesenwelle.

Kurze Zeit später hielten die Großeltern vor dem Haus, und die Operation *Schlupfloch* begann.

»Sie sind da«, flüsterte Annabell, so laut sie konnte. Wie auf Kommando lief der Rest der Familie zum Fenster und sah mit gereckten Hälsen zu, wie Oma und Opa ihr Auto verließen.

Oma trug ein rotes trachtenähnliches Kostüm.

»Sie hat schon wieder ein neues Kleid«, sagte Frau Moll.

Herr Moll hörte sich gereizt an. »Und Opa hat wahrscheinlich wieder neue Wanderschuhe bekommen, herrgottnochmal. Sie fahren sogar dreimal im Jahr in Urlaub, Maria. Aber sie hatten ja schließlich auch fünfundzwanzig Jahre mehr Zeit als wir, darauf zu sparen.«

Oma und Opa wurden von den Winters erwischt (guten Tag, wie geht's, nett, daß Sie vorbeikommen), ließen sich aber nur kurz aufhalten und wandten sich dem Haus zu.

Für die Molls war dies das Startzeichen.
Frau Moll stieg als erste die Zugtreppe zum Dachspeicher hinauf. »Schnell, schnell«, rief sie ihrem Mann zu.
»Meinst du, ich betrete die Treppe, wenn du noch nicht oben bist?« sagte Herr Moll. »Das ist doch lebensgefährlich! Wieviel wiegst du eigentlich?«
»Mein Gewicht gehört mir«, sagte Frau Moll. »Es geht dich gar nichts an.«
»Ist Mamas Gewicht nicht auch eine Familienangelegenheit?« fragte Herr Moll seine Kinder.
»Bist du verrückt geworden?« preßte Frau Moll hervor. »Ich komme mir schon blöd genug vor in dieser Situation. Da ist mein Gewicht nun wirklich kein Thema.« Sie kniete auf dem niedrigen Dachboden und streckte ihre Hand Herrn Moll entgegen. »Nun mach schon, sie sind gleich drinnen.«
»Versprich mir, daß du nachher als erstes auf die Waage gehst«, sagte Herr Moll und rührte sich nicht von der Stelle.
»Herrgottnochmal«, sagte Frau Moll und stöhnte. »Versprochen.«
»Unter Zeugen?«
»Unter Zeugen«, sagte Frau Moll, und endlich setzte Herr Moll seinen Fuß auf die erste Stufe. Sobald er oben war, schoben die Kinder die Stufen ineinander und ließen die Bodenluke zufallen. Ohne ihre Hilfe würden Vater und Mutter niemals wieder freikommen.
Als nächstes waren Linda und Annabell an der Reihe. Sie preßten sich in Lindas Kleiderschrank. Ein gemeinsames Versteck war notwendig geworden, weil sich bei den Vor-

bereitungen zu dieser Aktion herausgestellt hatte, daß Linda sowohl unter Höhen- als auch unter Platzangst litt und sich weder auf den Speicher noch alleine in einen Schrank zwängen ließ.
Daniel hängte Winter- und Bademäntel locker über sie und deckte, was sich noch von ihnen zeigte, mit Lindas Jeans und Sweatshirts zu.
»Was stinkt hier so?« fragte Annabell und schnüffelte mit der Nase.
»Meine Turnschuhe«, sagte Linda. »Aber du hast keine andere Wahl.«
Daniel lehnte die Türen nur an, das war die Abmachung, denn wenn er sie schließen würde, bekäme Linda einen Schreikrampf.
Daniel verbarg sich in seinem Kleiderschrank. Der hatte eine Schiebetür, und die konnte ganz gut von innen bewegt werden.
Es war auch höchste Zeit gewesen. Die Großeltern schlossen gerade die Haustür auf. »Was machen wir, wenn sie sich entschließen, das Wochenende bei uns statt am Bodensee zu verbringen?« flüsterte Linda.
»Mal nicht den Teufel an die Wand«, sagte Annabell. Sie schob sich vorsichtig eine zusammengeknüllte Strickjacke in den Nacken, um es die nächsten Minuten ein bißchen bequemer zu haben.
»Leg mal deine Beine auf die andere Seite«, sagte sie. »Meine Füße schlafen schon ein.«
»O Gott«, raunte Linda und bewegte sich im Zeitlupentempo, um kein Geräusch zu machen. »Und jetzt halt die Klappe.«

Oma war zu hören. »Reiß mal die Fenster weit auf«, befahl sie. »Hier riecht es ja schrecklich. Als ob gerade jemand Linsensuppe gekocht hätte.«
Opa gehorchte, trabte durch alle Räume und lüftete die Zimmer. »Laß dir bloß nicht einfallen, den ganzen Nachmittag hier zu verbringen«, sagte er. »Wir wollen heute noch an den Bodensee kommen.«
»Das hat Zeit«, sagte Oma. »Hier stehen noch dreckige Gläser herum. Die wasch ich erst mal ab, dann freuen sie sich, wenn sie wieder nach Hause kommen und die Küche sauber ist.«
Die freuen sich auch, wenn die Großeltern schnell wieder abhauen, fand Annabell. Aber Oma ließ Wasser in das Spülbecken laufen, inspizierte alle Zimmer und zog die Gardinen beiseite. Durch das geöffnete Fenster unterhielt sie sich erst mit den Winters und dann mit jemandem, der die Gelegenheit nutzte, um nach seinem Halstuch zu fragen. Finn Rückert.
Opa machte ihm die Haustür auf. Finn wollte wohl erst gar nicht rein und entschuldigte sich tausendmal. Aber Opa liebte Gesellschaft und mußte Finn Rückert einfach an die Hand genommen haben.
Oma schien die Gläser eingeweicht und auf das Abtropfbrett gestellt zu haben. In der Zeit, als Opa abtrocknete, lief sie mit der Gießkanne durch die Zimmer und gab den Blumen Wasser. Bei dieser Gelegenheit konnte Finn die Räume nach seinem Halstuch absuchen.
»Was für ein Tuch ist es eigentlich?« fragte Oma. »Finn. Und wie weiter?«
»Blödian«, flüsterte Linda.

»Rückert«, sagte Finn. »Na, so'n schwarzes Tuch. Mit so weißen Dingern drauf.«
Weiß? Beige. Grau. Eierschalfarben!
»Und wie kommt es überhaupt hierher?« fragte Oma.
»Ich habe es Linda geborgt«, sagte Finn.
Linda prustete heftig aus, und Annabell bohrte ihr den Fuß in die Seite, damit sie ja still blieb.
»Nee, ich meine Annabell«, korrigierte sich Finn.
»Also«, sagte Oma. »Wem nun? Linda oder Annabell?«
»Lin...« sagte Finn. »Annabell.«
»Na schön«, sagte Oma. »Annabells Zimmer ist da drüben. Wozu willst du es denn eigentlich wiederhaben?«
»Hab ich ihr ja nur ausgeliehen«, sagte Finn.
»Zu meiner Zeit bekam ich so was geschenkt«, sagte Oma.
»Von wem?« fragte Opa.
»Von dir nicht«, sagte Oma.
»Hast du schon in Annabells Schrank geschaut?« schlug Oma vor.
»Das mach ich lieber nicht«, sagte Finn. »Ich dachte nur, es liegt hier irgendwo rum.«
»Oder schau doch mal in Lindas Schrank«, meinte Oma. »Wenn du schon nicht genau weißt, ob du es Annabell oder Linda geliehen hast.«
»Nee, ich weiß schon, es war Annabell. Linda sieht ja ganz anders aus, eher süßlich, gelbe Haare und Locken auf dem Kopf. Annabell ist die andere mit der Pferdeschnauze.«
Jetzt zog Annabell die Luft heftig ein. Seit wann war *Pferdeschnauze* ein Kosewort? Und Finn lief in ihrem

Haus herum, als ob er hier was zu suchen hätte, na ja, jedenfalls so lässig, als ob er schon zur Familie gehörte.

»Du willst mir doch wohl nicht sagen, daß meine Enkeltochter aussieht wie Fernandel?« hakte die Oma nach.

»Wer ist das?« wollte Finn wissen.

»Der mit dem Pferdegebiß«, sagte Opa. »Aus *Don Camillo und Peppone*.«

»Nee, so sieht Annabell nicht aus«, sagte Finn. »Ich meine, sie sieht aus, als ob sie so eine weiche Schnute hat wie ein Pferd. Und auch die Haare sind wie ein Pferdeschwanz. So glatt. Also, Pferde mag ich wirklich gerne.«

»Ich dachte, nur Mädchen tun das«, sagte Opa.

»Nööö«, sagte Finn gedehnt.

Linda hatte inzwischen all ihre Ängste vergessen. Sie prustete in den langen Winterpulli hinein, an dem Frau Moll über zwei Jahre lang gestrickt hatte.

»Also, jetzt kann's losgehen«, sagte Oma. »Oder sollen wir noch eine Ladung Wäsche in die Maschine stopfen?«

»Das fehlte mir noch«, sagte Opa. »Ich will heute noch an den Bodensee.« Er fing an, die Fenster zu schließen.

»Ist dir eigentlich aufgefallen, daß sie alle ihre Zahnbürsten vergessen haben?« fragte Oma. »Komisch, was?«

»Nee, gar nicht komisch«, sagte Opa. »Ich nehme auch immer eine neue Zahnbürste, wenn wir auf Reisen gehen. Das ist die beste Gelegenheit, sich von der alten zu trennen.«

»Da hast du auch wieder recht«, sagte Oma. Sie inspizierte noch mal alle Zimmer, weil sie dem Ordnungssinn ihres

Mannes wohl nicht recht traute. Zum Schluß schlug sie Lindas Kleiderschranktür ordentlich zu und drehte den Schlüssel um. Linda griff nach Annabells Hand. Die hatte eigentlich was gegen's Händchenhalten mit der Schwester, aber in dieser Situation blieb ihr nichts anderes übrig, als Lindas Pfote tröstend festzuhalten.
»Kein Halstuch?« fragte Oma.
»Kein Halstuch«, sagte Finn traurig. »Vielleicht hat sie es weggeschmissen. Linda. Ich meine: Annabell.«
»Frauen sind zu allem fähig«, sagte Opa.
»Quatsch keine langen Opern«, sagte Oma. »Machen wir, daß wir rauskommen. Ich denke, du willst heute noch an den Bodensee.«
»Siehst du, was ich meine, mein Junge?« sagte Opa.
Dann konnte man hören, wie die drei die Treppe runtergingen und die Haustür ins Schloß fiel.
Daniel konnte sich als erster befreien, und da er sich zunächst um seine Eltern kümmerte, war Linda schon in einen ziemlich schlimmen Zustand geraten, als die Schwestern befreit wurden. Linda hockte halb auf Annabells Schoß und hielt ihren Hals umfangen. Annabell hielt sie wie ein Baby, schaukelte sie hin und her.
»Seht nur, wie süß«, sagte Frau Moll.
»Und wo hast du nun das verdammte Halstuch gelassen, Pferdeschnauze?« fragte Daniel.
»Das geht dich 'nen feuchten Kehricht an«, sagte Annabell.
Und dann stiegen sie gemeinsam in den Keller, um die Unterwäsche aufzuhängen, die Unterwäsche und eine dunkelblaue Wollsocke, weil Vater dem Prinzip *weiß zu*

weiß und *Socke zu Socke* nicht genügend Beachtung geschenkt hatte.

Die Socke war geschrumpft und sah aus wie ein Strumpf für einen Spielzeugteddy, und die gesamte Unterwäsche trug einen leichten Blauschimmer.

»Blau ist besser als rot«, tröstete Herr Moll seine Familie.

Katzen sind auch nur Menschen

Oma und Opa hatten nicht nur Frischluft und Finn Rückert ins Haus gelassen, auch Winters Kater hatte die Gelegenheit genutzt und sich mit ein paar gezielten Sprüngen durchs offenstehende Fenster ins Haus katapultiert. Dies unbemerkt sowohl von den Molls als auch von Oma und Opa.
Erst später am Nachmittag, als Tante Moskitos durchdringende Stimme wie das Geräusch eines Zahnarztbohrers von draußen ins Haus drang und vor Verzweiflung über den unauffindbaren Kater fast überzuschwappen drohte, war Annabell klar, daß der rote Kater sich nur bei ihnen aufhalten konnte. Mit Ausnahme von Herrn Moll betrachteten alle die Möglichkeit, endlich mal wieder mit einem Kater kuscheln zu können, als willkommene Abwechslung des eintönigen Einerleis, obwohl sie heute eigentlich schon genug Aufregung erlebt hatten.
Das Haus roch frisch. Kein Linsensuppengeruch verdarb den Appetit, und Frau Moll bereitete eine Kaffeetafel vor. Sie hatte den Tisch im Wohnzimmer hübsch gedeckt. Unverbesserliche romantische Seele!
Herr Moll stand als erster am Eßtisch.
»Meinst du, das Aroma vom Kaffee könnte uns verraten?« fragte Frau Moll verunsichert.

»Auch andere Leute trinken Kaffee«, sagte Herr Moll und war verführt.
Annabell und Linda hatten sich unterdessen auf die Suche gemacht, Micky Winter aufzuspüren. Seine Lieblingsplätze waren der dunkle Raum hinter Annabells Klappcouch, die linke äußere Ecke unter Daniels Schreibtisch und der Wäschekorb, wenn der Deckel zufälligerweise schief sitzen und einen verlockenden Spalt freigeben sollte. Und manchmal kuschelte sich Micky Winter auch in Vaters Sessel. Überall dort befand sich der Kater nicht.
Sie fanden ihn schließlich in Annabells Zimmer. Sein Bauch und das linke Hinterbein waren halb hochgedrückt an die warme Kaminwand, die an dieser Stelle das Haus durchzog. Sein Kopf lag im Schoß von Annabells zwölfjährigem Teddybär (Omas Geschenk), und die Enden von Finn Rückerts Tuch, das Annabell zur artgerechten Aufbewahrung um den Hals des Bären geschlungen hatte, bebte vor den Nasenlöchern des Katers in kleinen, regelmäßigen Luftzügen.
»Kommt mal alle her«, rief Annabell mit verhaltener Stimme.
»Ich rieche, rieche Katzenfleisch«, sagte Daniel. »Bringt die Bratpfanne schon mit. Damit wir kein Skorbut kriegen.«
»Damit wir dir eins über den Kopf geben«, sagte Linda.
Den Kater in seiner unnachahmlich lässigen Pose bewunderten alle ausführlich, bis auf Herrn Moll, dem nur ein leichtes Zucken über die Lippen lief, das man aber gut und gerne als angemessene Reaktion bezeichnen durfte. Es war eine außergewöhnliche Tat seinerseits, sich bis

zum Liegeplatz eines faulen Katers bewegt zu haben. Eine Aktion, die alle übrigen Familienmitglieder durchaus schätzten.

»Ich will keinen Ärger«, sagte Herr Moll, und jeder verstand ihn falsch.

»Aber nein«, sagte Annabell. »Wir werden Micky heute abend schon raussetzen.«

»Ich meine...«, sagte Herr Moll, »...ich möchte auf keinen Fall, daß er hierbehalten wird.«

»Wo werden wir denn!« beruhigte ihn Linda und strafte mit ihrem strahlenden Gesicht die Worte von vornherein Lügen. »Ich kann schon Tante Moskitos jämmerliches Geheul nicht ertragen.«

»Abgesehen davon«, sagte Frau Moll, die neben ihren Kindern Katzen über alles liebte, »daß wir gar kein Katzenfutter haben.«

»Davon rede ich«, sagte Herr Moll. »Wir haben, so scheint mir's, nicht einmal genügend Lebensmittel für uns selbst gehortet. Für einen weiteren Kostgänger ist wirklich nichts übrig.«

»Höchstens der Speck in der Linsensuppe«, sagte Annabell, die beim Essen weichgekochte Speckstücke stets in einer Backentasche sammelte, um sie später in die Toilette zu spucken.

»Kein Speck, kein Nichts«, sagte Herr Moll. »Unser Essen ist rationiert.«

»Kaffee und Kuchen«, rief Frau Moll und klatschte in die Hände. »Katzen essen sowieso keinen Kuchen.«

»Dabei fällt mir was Wichtiges ein«, sagte Herr Moll. »Was war es noch? Helft mir doch mal.«

»Taschengelderhöhung«, schlug Daniel vor.
Herr Moll schlug sich an die Stirn.
»Jetzt hab ich's, ja, danke. *Erhöhung*. Das war's. Also, Mama, ehe du noch ein Stück Kuchen ißt, will ich wissen, wieviel du wiegst. Komm, stell dich auf die Waage.«
»Nein«, kreischte Frau Moll, drehte sich auf dem Absatz um, lief ins Wohnzimmer und verbarrikadierte sich hinter dem Eßtisch. »Wenn ich etwas hasse, dann sind es Waagen.«
»Aus gutem Grund wahrscheinlich«, sagte Herr Moll. »Komm, Mama, stell dich nicht so an.«
»Wir lieben dich trotzdem«, sagte Annabell.
»Ich euch aber nicht«, behauptete Frau Moll.
Herr Moll machte einen Satz, und ehe sie sich's versah, war Frau Moll in die Fänge ihres Gatten geraten. Er hatte sie am Handgelenk und am Schlafittchen gepackt und zerrte sie durch das Zimmer, durch den Korridor die Treppe hinauf.
»Hilfe«, jammerte Frau Moll. »Hilfe.«
»Hschsch«, machte Herr Moll. »Sei leise, sei ruhig, sonst hören uns die Nachbarn noch.«
»Hilfe«, flüsterte Frau Moll und sah ihre Kinder flehentlich an. Die sahen mit feixenden Gesichtern der Nötigung zu.
Herr Moll ließ sich nicht beirren. Er hatte sich was Feines ausgedacht, um Frau Moll trotz heftiger Widerstände zu überlisten. Im Badezimmer schnappte er seine Frau, umfing sie liebevoll mit beiden Armen und hievte sie laut stöhnend hoch.
Frau Moll zappelte mit Armen und Beinen wie ein ge-

strandeter Flußkrebs, aber Herr Moll ließ nicht locker und erstieg mit ihr die Waage. Er schwankte mächtig, und es blieb ihm angesichts dieser labilen Haltung nur ein kurzer Blick auf die Digitalanzeige vergönnt. Er schnalzte anerkennend mit der Zunge.

Schon hatte sich Frau Moll seinen starken Händen entwunden und ließ sich auf dem Badewannenrand nieder.

»Das ist gemein«, sagte sie und wiederholte es mangels besserer Einfälle immer wieder. »Das ist gemein.«

»Zweihundertfünfzig Kilo?« fragte Daniel interessiert.

»Das ist noch nicht raus«, sagte Herr Moll. »Und es bleibt mein Geheimnis. Da ich aber täglich auf die Waage steige, kann ich nun mein Gewicht abziehen und weiß, was Mama wiegt.«

»Das ist nicht gerecht«, sagte Frau Moll mit extrem tiefer Stimme. »Du steigst immer nackt auf die Waage, und jetzt kriege ich die ganzen Klamotten zugeschustert.«

»Laß mich fair sein«, sagte Herr Moll. »Ich schenke dir zwei Kilo. Zufrieden?«

»Ich will gar nicht wissen, was herauskommt«, entgegnete Frau Moll beleidigt.

»Na gut«, sagte Herr Moll. »Wir leben jetzt in einer besonderen Streßsituation. Aber wenn wir das alles überlebt haben, dann geht's zur Sache, Mama. Mindestens fünf Kilo.«

»Ich weiß schon, warum ich was gegen Waagen habe«, sagte Frau Moll. »Und jetzt habe ich schon fast keine Lust mehr auf Kirschkuchen.«

»Doch, Mama«, sagte Linda. Sie und Annabell zogen

rechts und links an den Armen, daß ihre Mutter von der Wanne hochkam.

»Du bist die beste unserer Mütter«, sagte Daniel. »Und wir werden dich genauso schätzen, wenn du was verlieren solltest.«

»Das ist ein Komplott«, sagte Frau Moll.

Zum Kaffee gab es Spuckkuchen, von dem Daniel Berge gekauft hatte. Frau Moll hatte noch eine Spraydose mit falscher Sahne aufgetrieben, die sämtliche in der Kirschmarmelade versteckten Kerne verbarg. Man mußte vorsichtig auf dem Kuchen herumkauen und dann, wenn man fündig geworden war, gut zielen und spucken; Herr Moll hatte das gar nicht so gern, was man an seiner zerknautschten Faltenschnute erkennen konnte. Annabell zielte mit ihrem Kirschkern auf Daniel, verpaßte ihn aber. Linda hatte nur Nieten gezogen und war sauer, und Daniel spuckte Herrn Moll in die Kaffeetasse. Da waren alle erschrocken, weil man nie einschätzen konnte, wie Herr Moll reagieren würde. Deshalb war das Leben mit ihm recht spannend. Aber außer einem leichten Zusammenzucken seiner rechten Gesichtshälfte ließ Herr Moll keine weiteren Anzeichen von Betroffenheit erkennen. Ja, er wuchs geradezu über sich hinaus, als er mit seinen zwei Beutestücken die Vase auf dem Sideboard ansteuerte und sie sogar einmal traf. Es machte ihn sichtbar glücklich.

Inzwischen war Micky aufgewacht, kam mit langgezogenem Rücken und abwechselnd gestreckten Pfoten bettelnd an den Tisch. Er sah erwartungsvoll in die Runde.

»Nein, nein«, sagte Herr Moll und schüttelte bekräftigend den Kopf.

»Er mag sowieso keine Kirschen«, sagte Annabell und blickte mitleidsvoll auf Micky hinunter.
»Dann ist ja gut«, sagte Herr Moll.
»Nur Würstchen mag er«, sagte Linda bedauernd.
»Nein, nein«, sagte Herr Moll und schob sich ein großes Stück Kirschkuchen mit Sahnehäubchen in den Mund. Ein bißchen von der Sahne blieb an seiner Oberlippe hängen, und alle starrten Herrn Moll fasziniert an, auch der Kater.
Herr Moll merkte, daß irgend etwas an der Lippe klebte, und versuchte, mit der Zungenspitze danach zu angeln. Zu spät. Das Sahnefitzchen fiel, *pflopp*, vor Mickys Füße. Der Kater war sehr dankbar und machte sich flugs drüber her, *schlappschlapp*, da war der Fußboden schon blitzsauber. Dann setzte er sich gespannt auf die Hinterpfoten und schaute Herrn Moll unverwandt an, und der konnte gar nicht anders: Sein Herz mußte angesichts des arglosen Katzenblicks schmelzen.
»Na gut«, sagte er, »ein viertel Würstchen.«
»Ein halbes«, sagten Annabell und Linda wie aus einem Mund, sprangen auf und liefen, vom Kater verfolgt, in die Küche, um einem Lebewesen das zu gewähren, was ihm zustand.
»Katzen sind auch nur Menschen«, sagte Herr Moll resigniert.
Frau Moll widmete sich nach dieser erfolgreichen Aktion intensiv ihrem Kuchen. »Wir könnten uns mit den Kirschkernen glatt vergiften, wißt ihr das?« fragte sie.
»Ach, Mama«, sagte Herr Moll und zwinkerte seinen Kindern zu (laßt Mama nur reden).

»Doch, bestimmt«, behauptete Frau Moll hartnäckig. »Wegen Blausäure nämlich. In Obstkernen ist Blausäure enthalten, in Pfirsichkernen und Pflaumenkernen und Kirschkernen.«
»Bittermandel«, sagte Linda.
»In Mandeln besonders«, fuhr Frau Moll fort. »Und in all den anderen Kernen auch, aber nur ein bißchen. Und wenn ihr die aufmacht, dann spürt ihr den bitteren Geschmack, und das ist nämlich Blausäure.«
Sie hielt einen Kirschkern zwischen ihren Vorderzähnen und versuchte ihn zu knacken. Alle sahen ihr zu.
»Laß das, Mama«, sagte Herrr Moll.
Frau Moll probierte es mit ihren rechten Eckzähnen und dann mit ihren linken.
»Laß das, Mama«, sagte Herr Moll.
Aber Frau Moll konnte nicht hören. Es krachte ganz schön. Aber nicht der Kirschkern krachte. Der sprang, gut gezielt, aus ihrem Mund zurück auf den Teller in der Mitte des festlich gedeckten Kaffeetisches. Was geknackt hatte, war Frau Molls Zahn.
Frau Moll schrie leise auf und hielt sich beide Hände vor den Mund, um ihr Unglück zu verbergen. Ihre Augen waren kugelrund. »Huch«, hatte sie gemacht, mehr nach innen als nach außen gestoßen, »huch« oder »hich« oder »hach«.
»Maria!« sagte Herr Moll.
Frau Moll nahm langsam ihre Hände vom Mund, den sie unbeweglich offenhielt, und sah ihre Familie erwartungsvoll an, als käme von dort doch noch die Bestätigung, daß alles in Ordnung wäre.

Aber nichts war in Ordnung. Ihr Schneidezahn, (S 1, oben, rechts, nicht kariös) war leicht lädiert, das heißt, ihm fehlte die äußere Ecke, die irgendwie mit dem wegspringenden Kirschkern ihren Abgang gefunden haben mußte.

»Scheiße«, sagte Daniel, und es war das passendste Wort, das man für diesen Anblick und für diese Situation finden konnte.

Frau Moll traten die Tränen in die Augen. Sie nahm Daniels Ausruf auf. »Sssöne Ssseiße«, sagte sie stark lispelnd. »Sssade. Ich wollte den sssönen Tag nicht kaputtmachen.«

»Den Tag nicht kaputtmachen?« fragte Herr Moll mit drohendem Unterton. »Übertreib nicht! Deinen Zahn hast du kaputtgemacht und nicht den Tag. Und was jetzt?«

»Und wasss jetssst?« wiederholte Frau Moll. Das Wort *jetzt* auszusprechen schien ihr besonders schwer zu fallen, es klang sehr englisch.

»Tut's denn weh?« fragte Annabell. Sie fand, daß alle weiteren Schritte von der Beantwortung dieser Frage abhingen.

Herr Moll holte tief Luft, als ob er sich dadurch beruhigen konnte.

»Ja, tut's denn weh?« fragte er, nicht gänzlich uninteressiert.

»Hmhm«, machte Frau Moll.

»Auch das noch«, meinte Herr Moll und sackte entmutigt in sich zusammen. Frau Molls Eingeständnis schien seine Befürchtungen bestätigt zu haben. »Na gut, das wär's denn. Zieht euch an, wir fahren zum Zahnarzt.«

Da hätte man aber Frau Moll sehen sollen. Wie eine kämpfende Löwin schnappte sie nach Herrn Molls Arm, mit beiden Händen. Sie wuchs über sich hinaus, und mit übermenschlichen Kräften zwang sie ihren Mann, der sich schon aufgerichtet hatte, zurück auf den Stuhl.
»Nein, nein«, sagte sie mit großem Nachdruck. »Ssso ssslimm issst esss nicht. Esss war nur der Sssrecken. Und wenn wir in Italien wären, hätte mich auch der Ssslag treffen können. Ich hab nur ein bissschen Sssiß gekriegt, aber jetssst issst esss ssson gut.«
»Bestimmt?« fragte Herr Moll.
»Bessstimmt«, sagte Frau Moll.
»Wenn's weh tut, dann kann Mama sich Nelkenöl auf den Zahn tun«, sagte Linda. »Das hab ich mal in einem Film gesehen.«
»Oder Cognac«, sagte Daniel.
»Cognac?« fragte Herr Moll. »Mama, willst du einen Cognac trinken?«
Mama wollte. Sie tauchte ihren Zahn, so gut sie konnte, in die braune Flüssigkeit. Der Cognac mußte ihren Nerv getroffen haben, denn sie zuckte kurz zusammen. Aber bald hatte sich der Nerv an den Cognac gewöhnt und rührte sich nicht mehr.
Herr Moll trank aus lauter Sympathie für seine Frau auch einen Cognac oder zwei oder drei. Sie stießen immer wieder miteinander an, und er nahm ihr das Versprechen ab, das Abenteuer *Ferien* sofort abzubrechen, wenn sie es nicht aushalten würde.
»Versssprochen«, sagte Frau Moll.
Beide verbrachten den Rest des Nachmittags einträchtig

und eng aneinandergelehnt auf dem Sofa wie ein richtig gestandenes Ehepaar, das so leicht durch nichts zu erschüttern war.
Frau Moll genoß offensichtlich die Fürsorge ihres Mannes. Der hatte den linken Arm um ihre Schulter gelegt, und in der rechten Hand hielt er eine kleine Broschüre, deren Inhalt er seiner Familie später und in Kurzfassung bekanntgab: *Gebrauchsanweisung für das Mikrowellengerät.*
»Also«, begann Herr Moll. »Ihr braucht euch vor dem Gerät nicht zu fürchten. Es ist überhaupt nicht gefährlich.«
»Sag ich ja«, sagte Daniel.
»Eine sogenannte Hochfrequenzwärme wandelt den elektrischen Strom in Mikrowellen um.«
»Sag ich ja«, sagte Daniel.
»Und die setzen die Wassermoleküle in den Lebensmitteln in Bewegung.«
»Sag ich ja«, sagte Daniel.
»Durch die Schwingungen der Moleküle entsteht Wärme.«
»Sag ich ja«, sagte Daniel.
»Interessant«, sagte Herr Moll. »Warum habt ihr mir das nicht gleich gesagt. Es ist überhaupt nicht gefährlich. Eine ganz natürliche Sache.«
»Siehste«, sagte Daniel.
»Ich glaube, ich werde meiner Frau mal was zum Abendessen machen«, schlug Herr Moll vor. »Mama? Mama!«
Frau Moll war schon am Eindösen gewesen.
»Zuviel Cognac ist nicht gut«, sagte Herr Moll. »Besonders

nicht, wenn man kaum was im Magen hat. Ich werde eine Suppe kochen.«

»Mikrowelle?« fragte Daniel gespannt.

»Mikrowelle«, sagte Herr Moll und löste sich sanft von seiner Frau.

Herr Moll öffnete eine Dose Champignonsuppe. Die Pilze plumpsten mit der dickflüssigen Suppe in die Schüssel. »Sechshundert Watt«, sagte Herr Moll. »Zeiteinstellung auf Zwei.«

»Minuten«, sagte Linda, die sich eines der leeren Cognacgläser gegriffen hatte und daran herumschleckte. »Nicht *Stunden.*«

»Denkst du, dein Vater ist blöd?« fragte Herr Moll.

»Ich weiß ja nicht«, sagte Linda.

Es dauerte keine zwei Minuten. Schon nach einer Minute gab es wieder eine Explosion. Ein Champignon war zerplatzt und hatte sich mitsamt der ihn umgebenden Suppe an die Wände des Gerätes verteilt.

»Verdammt«, sagte Herr Moll. »Ein Pilz ist doch kein Ei.«

Annabell wischte zum zweitenmal in diesen Ferien das Mikrowellengerät aus. Es war aber noch genug Suppe übriggeblieben, so daß es für das Abendessen halbwegs ausreichte.

Herr Moll erwies sich dann als Experte. Er ließ die Moleküle von Mohrenköpfen in Bewegung geraten. Die Schwingungen brachten die süße Masse zum Aufblähen, daß die Köpfe dreimal so groß wurden.

»Oh«, sagte Annabell.

Herr Moll erlaubte seinen Kindern zur Feier des Tages

einen Schuß Eierlikör. Kleine gelbe Flüsse zierten nun das Wunderwerk. Seine Frau und er genehmigten sich auch einen Schuß. Und noch einen.
»Grosssartig«, sagte Frau Moll.
Inzwischen hatten Cognac und Eierlikör nicht nur den Zahnnerv von Frau Moll beruhigt, sondern die Eltern derart ermüdet, daß sie schlafen gehen wollten.
Daniel nutzte die Situation aus. »Könnten wir nicht, wenn wir vorsichtig sind, mal fernsehen?« fragte er. Herr Moll sagte matt: »Ihr dürft alles, was nicht mit Lärm oder Licht verbunden ist. Seid erfinderisch.«
»Fein, Papa«, sagte Annabell liebevoll und fügte hinzu: »Dann trag du mal den Fernseher in die Waschküche, Daniel.«
»Wieso denn ich?« Daniel war empört.
»Weil du außer Mama der Stärkste in der Familie bist.«
»Was bringen sie überhaupt im Fernsehen?« fragte Linda.
»No sseksss, no crime«, sagte Frau Moll, bevor sie im Schlafzimmer verschwand. »Ich bitte euch.«
Annabell und Linda warfen – es blieb ihnen wirklich nichts anderes übrig – ungerührt und mit vereinten Kräften den Kater aus dem Haus, nicht ohne sich zu vergewissern, daß es draußen keine Tatzeugen gab. Es regnete und stürmte, und man durfte im Grunde weder Hund noch Katze vor die Tür setzen. Aber Katzen waren intelligente Wesen, und Micky Winter müßte doch wissen, wo es trocken war und sein Blechnapf auf ihn wartete.
Daniel schleppte den Fernseher eine Treppe tiefer, und Annabell dunkelte das winzige Kellerfenster mit der

alten karierten Spieldecke ab. Dazu mußte sie das Fenster leise öffnen und es dann mitsamt den Deckenzipfeln wieder zudrücken. Es klappte gut.
Linda war mit Feuereifer dabei, Daniel Anweisungen zur Aufstellung und Ausrichtung der Zimmerantenne zu geben. »Am besten klappt es, wenn du hinter dem Apparat stehen bleibst und den rechten Antennenarm mit deinem kleinen Finger anfaßt«, meinte sie.
»Du hast sie wohl nicht alle«, sagte Daniel. »Soll ich vielleicht noch ein Bein von mir strecken?«
»Mach mal«, sagte Linda.
Aber schließlich konnten sie das Bild auch ohne Daniels Ballettkünste einigermaßen einstellen.
Annabell setzte sich auf eine noch ungeöffnete Waschmittelpackung und Daniel auf die Waschmaschine. Er bumste mit den Füßen gegen die Blechummantelung, bis Linda ihm eins draufgab.
Sie sahen zuerst das Ende von einem französischen Film, in dem ein Mädchen neben ihrem Rolls Royce stand und auf einen Typen wartete, der ihr den Reifen wechseln wollte. Der Typ war Jean-Paul Belmondo.
»Hm«, sagte Linda, die sich auf den umgedrehten grünen Plastikwäschekorb gesetzt hatte. »Ich warte auch immer darauf, daß so ein Typ neben seinem Rolls steht und ich ihm den Reifen wechseln darf.«
»Haha.« Daniel hatte die Fernbedienung in der Hand und wechselte das Bild. Irgendein Dirigent mit Schmalzlocke zappelte vor seinem Orchester. »Muß der so aussehen?« fragte Daniel.
»Der sieht aus wie du«, kommentierte Annabell.

»Klappe«, sagte Daniel.
Die Kamera surrte jetzt näher an die Schmalzlocke heran. So von nahem konnte man sehen, daß er ziemlich zerrupft aussah, wie ein Penner mit Bartstoppeln.
»Mach ihn weg«, sagte Annabell. »Schalt mal um.«
Inzwischen hatte sich die Geschichte mit Jean-Paul Belmondo weiterentwickelt. Es hatte sich herausgestellt, daß das Mädchen eine Gräfin war. Im Moment war sie ziemlich nackt. Daniel starrte sie wie gelähmt an, obwohl sie keine Hasenschnute hatte, sondern blütenförmige, leicht aufgeworfene Lippen, die ausdauernd *Ooohhh* hauchten.
»Mich interessieren nackte Gräfinnen nicht«, sagte Linda.
»Nur nackte Grafen«, erläuterte Annabell.
Linda kickte nach ihrer Schwester, traf aber nur das Waschmittelpaket, das einen hübschen Winkelriß bekam und das weißblaue Pulver leise rausrieseln ließ. Alle drei Geschwister sahen eine Weile fasziniert zu. Dann stopfte Annabell eine von den bläulich schimmernden Unterhosen in den Riß.
Inzwischen hatte sich die Schmalzlocke auf dem anderen Kanal ausgetobt, und sie zeigten Werbung für Gesichtswasser mit lauter Jugendlichen, die aufgemalte Punkte im Gesicht hatten, die sie sich mit dem Wasser einfach abschminken konnten.
»Woher die wissen, daß so viele Leute in letzter Zeit dreizehn geworden sind?« kommentierte Annabell das Ganze und pulte an ihrem Lieblingspickel herum, der sich an ihrer Schläfe eingenistet hatte.

Und dann endlich fing das an, auf das sie alle drei gewartet hatten, und sie schauten nacheinander und eine lange Nacht hindurch *Der Wettlauf mit dem Tod*, *Notruf California* und *Geheimste Leidenschaften* an. Sex and Crime!

Höchstens die Portokasse

Mitten in der Nacht, nach nur kurzem Schlaf (Crime time dauerte bis ein Uhr fünfzig), wachte Annabell auf. Zunächst wußte sie nicht, ob das Geräusch, das sie wahrgenommen hatte, auf einen sofort vergessenen Traum zurückzuführen war oder ob es sich tatsächlich um das Zuschnappen der Haustür gehandelt hatte. Sie versuchte, dem Ton nachzulauschen, hörte aber nur das gleichmäßige Rauschen des satten Regenfalls: Ein Grund mehr, sich von einer Seite auf die andere zu drehen und möglichst schnell wieder in die Tiefschlafphase zu fallen.
Da hörte sie, hellwach plötzlich und steif vor Angst, das bekannte Quietschen, das sich immer dann ergab, wenn jemand die letzte Treppenstufe zum Zwischenpodest erklomm.
Sie sprang auf, anscheinend gleichzeitig mit den übrigen Familienmitgliedern, denn Mutter und Geschwister trafen sich im Flur. Daniel, den der Teufel geritten haben mußte, drückte auch noch den Lichtschalter an. Zwar nur für einen kurzen Moment, nämlich bis er – über sich selber erschrocken – begriff, daß Licht anmachen eine Todsünde war, aber doch lang genug, daß sie alle gesehen hatten, wie Herr Moll auf dem Zwischenpodest des Treppenaufgangs stand, mit dem Rücken zur Wand. Er trug

seinen Lieblingsschlafanzug, ein gelbes, ausgeleiertes Ding mit roten Streifen auf den Ärmeln, die an den Bündchen dünn gescheuert waren. Frau Moll hatte schon mehrmals vergeblich versucht, den Pyjama verschwinden zu lassen; er war aber immer in letzter Minute von seinem Besitzer gerettet worden. Es war ein erbärmliches Bild, das Herr Moll in dem kurzen erleuchteten Moment abgegeben hatte. Nicht nur, daß seine Schlafanzughose mangels eines straffen Gummibandes zur Hüfthose verkommen war und die weiten Hosenbeine sich somit auf der Treppe kringelten. Nicht nur, daß sein vom Schlaf verwuscheltes Haar offensichtlich durch einen Regenschauer eine gute Portion Wasser abbekommen und ihm damit das Aussehen eines irgendwie gestrandeten Menschen verliehen hatte. Nein, das Wesentliche, was die Familie erblickt hatte, war das, was Herr Moll auf seinen Armen mit sich herumschleppte: Micky Winter, ein roter, ziemlich durchnäßter Kater, der, so dicht gedrängt an Herrn Molls nur spärlich bekleideten Bauch, die Körperwärme dankbar entgegennahm.

»Bissst du von allen guten Geissstern verlasssen?« zischte der Schatten von Frau Moll. »Hassst du nicht ssson genug Verantwortung für einen Haufen Kinder übernommen?«

Der gelbe Schlafanzug kroch nun die letzten Stufen herauf. »Was sollte ich denn machen?« flüsterte Herr Moll. »Der Kater hat mich ganz verrückt gemacht. Ich konnte nicht schlafen. Was kann denn ich dafür, daß er bei dem Regen nicht den Weg nach Hause findet. Er hat vor der Haustür gelegen und schrecklich gejammert.«

Er ahnte sicherlich nicht, daß seine nächtliche Tat ihm derart viele Pluspunkte einbrachte, daß er es selbst in den nächsten Jahrzehnten nicht schaffen würde, sie abzubauen.
Annabell streckte ihre Hand aus und streichelte Micky. Dabei kam sie den Händen der anderen in die Quere. Der Kater genoß die Aufmerksamkeit, er streckte sich auf Vaters Armen, um möglichst viel von der beruhigenden Zuwendung zu erhaschen.
»Aua«, grunzte Herr Moll. »Zieh deine Krallen ein, herrgottnochmal.«
»Das macht er, wenn er sich wohl fühlt«, sagte Linda. »Er tut dir schon nichts.«
Herr Moll zog scharf die Luft durch die Zähne ein. »Verdammtes Mistvieh«, sagte er.
In diesem Moment wurde es draußen vor dem Haus sehr lebendig. Gleichzeitig mit den Winters traf – *tatütata* - ein Streifenwagen der Polizei ein.
Frau Moll klammerte sich mit einer Hand an ihren Mann, als ob er schon als Täter ausgemacht und verurteilt sei. Mit dem anderen Arm bemühte sie sich, ihre drei Küken zu umfassen.
Nun konnte man Tante Moskitos aufgeregte Stimme hören. »Ich habe Licht gesehen«, sagte sie. »Ich bin ganz sicher.«
»Da ist doch niemand zu Hause. Du wirst einen Blitz gesehen haben«, versuchte Onkel Willi sie zu beruhigen.
»Es ist doch kein Gewitter«, meinte Tante Moskito. »Und außerdem bin ich nicht blind.«
»Wieso schlafen Sie eigentlich nicht?« fragte eine tiefe, fremde Stimme. Das war sicherlich der Polizist.

»Gute Frage«, sagte Onkel Willi. »Dazu müssen Sie meine Frau hören.«
»Ich kann nicht schlafen, weil meine Katze entlaufen ist«, jammerte Tante Moskito. »Mein Kater.«
»Also, für entlaufene Katzen sind wir nicht zuständig«, sagte der Polizist.
»Aber für Einbrecher«, meinte Tante Moskito.
Annabell stellte sich vor, was für ein Bild sich draußen bot. Tante Moskito im Nachthemd und mit Regenschirm, und Onkel Willi in Gummistiefeln und übergeworfenem Saunamantel?
Jetzt wurde Sturm geklingelt. Die vermeintlichen Einbrecher rührten sich nicht. Annabell fühlte sich wie bei einer Fahrt mit der Geisterbahn. Der Schrecken war nah, aber alles war unwirklich und ein bißchen zum Lachen. Oder zum Weinen. Sie atmete flach, weil sie keiner dieser Gefühlsregungen Vorschub leisten wollte.
»Ich sagte Ihnen doch, da ist niemand zu Hause«, hörte man Onkel Willi sagen. »Die sind im Urlaub. Da können Sie klingeln und klopfen, soviel Sie wollen.«
»Vielleicht hat sich doch jemand Zugang ins Haus verschafft«, sagte der Polizist.
»Wozu denn?« fragte Onkel Willi. »Um Kaffee zu trinken?«
»Einbruch, Diebstahl«, sagte ein zweiter Streifenbeamter.
»Ich hab es ja gesagt.« Das war Tante Moskitos grelle Stimme.
»Was soll denn da jemand klauen?« fragte Onkel Willi. »Die haben doch nichts.«

»Stereoanlage?«

»Die Musikanlage stammt noch aus dem vorigen Jahrhundert, und der Fernseher ist bestimmt schwarzweiß. Rosalind, ist der Fernseher schwarzweiß?«

»Aber nein«, piepste Tante Moskito. »Du übertreibst, Willi. Die haben sogar einen mit Fernbedienung, und die Musikanlage ist so kompliziert, daß Maria, Frau Moll, meine ich, sie überhaupt nicht anbekommt.«

»Jedenfalls lohnt es sich nicht, dort einzubrechen«, sagte Onkel Willi.

»Und Sie sind sicher, daß bei Ihnen auch alles in Ordnung ist?« fragte einer der Polizisten.

»Aber ja«, sagte Onkel Willi. »Wir haben eine Alarmanlage, und die funktioniert. Die heult sogar, wenn die Katze versucht, auf falschem Wege ins Haus zurückzukommen. Sie können ruhig weiter den Verkehr regeln oder Besoffene ins Revier bringen, meine Herren.«

»Sie halten uns wohl für blöd?« fragte einer der Beamten.

»Aber nein«, sagte Onkel Willi. »Im Gegenteil. Ich bin ja froh, daß die Polizei so schnell zur Stelle ist, wenn man sie braucht. Aber wir brauchen Sie heute abend wirklich nicht. Wenn jemand aus dem Haus kommt, *mit* der Musikanlage und dem Farbfernseher, dann halten wir sie auf. Wir passen auf. Das haben wir den Molls versprochen.«

»Die sind nämlich verreist«, sagte Tante Moskito. »Die sind auf den Bahamas oder so.«

»Quatsch doch nicht, Rosalind«, sagte Onkel Willi. »*Wir* wollen doch auf die Bahamas, und *die* sind bestimmt in Pompeji.«

»Ach ja«, sagte Tante Moskito.
»Was ist mit dem Nebenhaus?« fragte die tiefe Stimme.
»Ein Büro. Da kann man auch nichts klauen. Höchstens die Portokasse«, sagte Onkel Willi und lachte dröhnend, als ob er einen guten Witz gemacht hätte. »Nichts für ungut«, fügte er schnell hinzu, als er merkte, daß sonst niemand lachte.
Ausgerechnet in diesem Moment ließ Micky Winter Familie Moll lautstark wissen, daß er die nachlassende Aufmerksamkeit nicht akzeptierte. Sein Opfer war, wie konnte es auch anders sein, Herr Moll. Der stieß, als sich die Krallen in seine Unterarme bohrten, nur ein rauhes, unterdrücktes Stöhnen aus. Er hob die Arme, um den Kater auf schnellstem Wege loszuwerden.
Der schnellste Weg war der zu Frau Moll. Die Übergabe, so sanft sie auch vollzogen wurde, nahm der Kater krumm. Er maunzte auf übelste Weise los.
Sein Aufschrei alarmierte Tante Moskito. »Micky«, schrie sie los. »Mein lieber, kleiner Kater. Ich wußte es doch. Du bist hier im Haus von den Molls gefangen. Ich habe vorhin doch Licht gesehen!«
»Mein Gott«, sagte Onkel Willi. »Wenn er auch fast ein Mensch ist: Licht kann er noch nicht selber anknipsen.«
»Licht hin, Licht her«, sagte Tante Moskito. »Ich will meinen Kater wiederhaben.«
»Dafür sind wir nicht zuständig«, sagte einer der Polizisten. »Da muß die Feuerwehr her.«
»Seht zu, daß ihr den Kater loswerdet«, zischte Herr Moll seiner Familie zu.
»Ja, wie denn?« Frau Moll hörte sich äußerst hilflos an.

»Das ist mir doch egal«, sagte Herr Moll unwirsch.
»Micky«, jammerte Tante Moskito.
»Miau-mio«, antwortete der Kater.
»Los, rufen Sie die Feuerwehr«, forderte Tante Moskito die Polizisten auf.
»Die wird doch nicht wirklich...« fragte Herr Moll sich und seine Lieben.
»Die Feuerwehr wird dir was husten«, behauptete Onkel Willi.
»Sie sollten morgen einen Schlosser bestellen«, sagte der Polizist mit der tiefen Stimme. »Der kann dann die Tür öffnen.«
»Was rein kommt, kommt auch raus«, sagte Onkel Willi. »Wenn der Kater Hunger hat, wird er den Weg nach Hause schon finden.«
»Aber vielleicht haben Marias Eltern ihn reingelassen«, jammerte Tante Moskito. »Die haben ja auch diesen Jungen mit reingenommen, diesen Wie-heißt-er-noch, diesen Finn.«
Linda stieß Annabell mit dem Ellbogen vielsagend an, und Annabell schlug unsanft zurück.
Da endlich nahm sich Daniel des Problems an. Er griff sich ziemlich unfachmännisch den Kater und hechtete mit ihm hinunter in die Küche. Im Nu war Micky draußen, denn Daniel hatte ihn einfach vor das leise geöffnete Fenster gesetzt.
»Micky«, heulte Tante Moskito vorne, und »Miau-mio«, klagte Micky von hinten.
Und nun dauerte es nur noch ein Weilchen, bis Tante Moskito ihren Kater liebevoll in die Arme schloß.

»Micky, mein Liebling. Ach Micky«, jubelte sie mit sirenenhafter Stimme. »Und patschnaß bist du auch noch geworden. Mein armer, kleiner Kater, du.«
Familie Moll war grenzenlos erleichtert, von Micky Winter befreit worden zu sein. Auch wenn sie wußten, daß Katzen Regen, Schnee und Wind um alles in der Welt haßten. Was hätten sie denn machen sollen? Man kann doch einem Kater keinen Regenschirm mit auf den Weg geben.

Eine schwangere Lerche

Je mehr sich das Abenteuer *Ferien* dem Ende zuneigte, desto produktiver wurde Frau Moll. Auf ihre stille, aber unnachgiebige Art hatte sie mittlerweile eine ganze Menge geschaffen. Vier Seidenblumensträuße, drei Aquarelle: neben der toskanischen Landschaft noch eine katalanische Hochebene und das Wattenmeer bei Husum. Das sah trotz aller grauen und mattgrünen Töne nicht düster, sondern eher friedlich aus. Schließlich hatte sie mit einer Blechschere aus dünngewalztem Metall raffinierte Gebilde geschaffen. Die waren zu nichts nütze, sahen jedoch sehr dekorativ aus. Das war eben Kunst. Kunsthandwerk.

Herr Moll hatte sich aus den hohen Gefilden der Sekundärliteratur auf den niedrigeren Stand der erzählenden Sachliteratur begeben. Lehrer hatten also auch ihre Schmerzgrenze. Im Moment las Herr Moll *Die Nachtwandler*, was immer darunter zu verstehen war. Hin und wieder schüttelte er wie ungläubig den Kopf. Dazu machte er zischende Geräusche. Vielleicht sollte das jemanden aus seiner Familie dazu veranlassen, sich nach dem Grund seiner Verwunderung zu erkundigen. Jeder aber hütete sich, eine Frage an ihn zu richten. So entging man einem unausweichlichen Vortrag.

Es war, als ob alle nur noch auf das baldige Ende des selbstverordneten Konfliktmanagements warteten. Es herrschte rundum eine ziemlich ruhige und scheinbar geduldige Stimmung. Aber Annabell fühlte sich so, daß sie jedem, der es wagen sollte, eine Verlängerung der zwei Wochen vorzuschlagen, das Brotmesser in den Brustkorb gejagt hätte. Einmal hatte sie aus lauter Verzweiflung nach ihrer Blockflöte gegriffen, die in ihrem Schrank hinter leeren Schuhkästen und eingerissenen Schutzumschlägen für Schulbücher schon mindestens drei Jahre lang unberührt gelegen hatte. Der Ton, den sie der Flöte entlockte, war erschreckend und sowieso unerlaubt, und sie legte das Instrument schnell zurück. Dann wartete sie auf eine Ermahnung von irgendeiner Stelle, aber nichts geschah.
Danach versuchte sich Annabell sogar an einigen Mathematikaufgaben, aber ohne den direkten Zwang einer Autoritätsperson war es zwecklos: Sie schlief regelmäßig darüber ein.
Linda fiel in frühkindliche Verhaltensweisen zurück und begann, Topflappen zu häkeln, genauso unregelmäßige Formen, wie sie sie schon in der dritten Klasse produziert hatte: Rauten und fünfzipfelige Lappen. Sie saß verbissen da und kaute auf ihrer Unterlippe herum. Den Häkelhaken bohrte sie so bestimmt in die Baumwollmaschen, als ob es sich um einen Speer handelte, den sie ins Kettenhemd des Feindes stoßen müßte.
Es waren noch zweieinhalb Tage auszuhalten. Ständig gab es diese entsetzliche Linsensuppe zu essen. Annabell träumte inzwischen von knusprig gebackenen Hähnchen-

schenkeln und heißen, blubbernden Pizzas mit Käse, Salami und Schinken. Selbst ein ganz banales Kotelett mit Fettrand und dicker Panade würde sie nicht zurückweisen, solange es nur frisch gebraten wäre. Am gierigsten aber war ihr Appetit auf Pfirsiche und Bananen geworden. Sie stellte sich vor, Bananenscheiben auf Butterbrot zu essen oder zusammen mit Reis und Curry frittiert. Das Wasser lief ihr im Mund zusammen, und sie fühlte sich mehr denn je wie im Gefängnis.

Sie stand am Küchenfenster und blickte sehnsüchtig hinaus in Hof und Garten. Winters und Molls Grundstücke waren durch eine Buchsbaumhecke getrennt, in der sich Micky Winter einen Durchschlupf geschaffen hatte. Der Kater geriet mühelos von einer Seite zur anderen und scheuchte temperamentvoll die Spatzen aus der Hecke, Annabell sah ihm neidisch zu.

Als am rückwärtigen Ausgang von Winters Haus Bewegung entstand, zog Annabell sich etwas zurück, damit sie nicht gesehen werden konnte.

Onkel Willi hatte mit seiner Frau einen Großeinkauf getätigt. Er stellte nacheinander einen Kasten Bier, einen Kasten Mineralwasser und zwei Paletten Pfirsiche auf die von einem Sonnenschirm beschattete Terrasse. Nun sah Annabell genau, wie Onkel Willi sich mit einem flüchtigen Kuß auf die Wange von Tante Moskito verabschiedete. Meistens war er mittags gar nicht zu Hause, sondern ging in der Stadt essen. Vielleicht war heute Markttag gewesen; Annabell hatte das Zeitgefühl verloren.

Wie sie so dastand und hinaus auf Nachbars Terrasse

schaute und auf die vielen schönen rotgelben, rotgoldenen! Pfirsiche, die vor ihren Augen immer größer und schöner wurden, krampfte sich ihr Magen vor lauter Appetit auf äußerst unschöne Weise zusammen. Ihr wurde richtig schlecht. Sie wandte sich seufzend vom Fenster ab.

»Daniel?« fragte sie. »Wenn einem der Magen knurrt, obwohl man gefrühstückt hat... Wenn man wegen eines kleinen Stückchens frischen Obsts jemanden ermorden könnte... Wenn man... Ist das vielleicht Skorbut?«

»Keine Ahnung«, sagte Daniel. »Jedenfalls müßten deine Zähne wackeln.«

Annabell pulte an ihren Zähnen herum. Vielleicht der rechte vordere Schneidezahn?

»Du kannst gar nicht Skorbut haben«, sagte Daniel. »Dafür ernähren wir uns zu ausgewogen.«

»*Ausgewogen* nennst du das?« stöhnte Annabell.

»Brot, Fleisch, Marmelade reicht zum Leben«, sagte Daniel. »Im Krieg sind Soldaten froh, wenn sie mal ein Stück Schokolade bekommen. Und Seeleute haben sich früher mit Zwieback und Zitrone am Leben erhalten.«

»Was ist das denn, wenn dich die Gier so packt, daß du jemandem die Pfanne über den Kopf hauen könntest, wegen einer Mandarine vielleicht.«

»Oh«, sagte Linda, die zu ihren beiden Geschwistern in die Küche kam. »Mandarinen!«

»Das ist Heißhunger«, sagte Daniel. »Solange du noch keine Visionen hast, kannst du es verkraften.«

»Visionen?« fragte Annabell. »Aha. Vielleicht bin ich schon verrückt geworden.«

»Du bist schon den ganzen Sommer verrückt«, sagte Linda. »Ich wüßte nicht, was perverser ist, als stundenlang mit einem Fernglas auf die Straße zu starren, und das nur, um einen pickeligen Jüngling zu betrachten.«
»Und deine Schundromane?« fragte Annabell zurück. »Ist das vielleicht normal? Immer an einen alten Knacker in karierten Hemden und Cowboystiefeln zu denken! Das ist vielleicht pervers.«
»Wenn ihr mich fragt...« sagte Daniel. »Mädchen sind sowieso verrückt.«
»Bis auf Biggi wahrscheinlich«, sagten Annabell und Linda wie aus einem Mund.
»Wahrscheinlich«, sagte Daniel.
»Ruhe jetzt mal«, preßte Annabell hervor. »Tut mir einen Gefallen und schaut unauffällig aus dem Fenster.«
»Wieso?« fragte Linda.
»Nun macht schon«, sagte Annabell.
Sie ging mit ihren Geschwistern zum Fenster. »Seht ihr, was ich sehe?«
Alle drei hingen jetzt mit ihren Köpfen nah beieinander am Fenster. Gerade trat Tante Moskito mit einer messingfarbenen Obstschale auf die Terrasse. Mit spitzen Fingern suchte sie die schönsten Früchte aus der Obstkiste und häufte sie dekorativ auf die Schale.
»Mir wird ganz schlecht«, sagte Linda.
»Mir auch«, sagte Daniel.
Annabell holte tief Luft. »Ich gehe jetzt ganz einfach hinüber und frage, ob ich ein paar Pfirsiche bekommen kann.«
»Du bist verrückt«, sagte Daniel.

»Hab ich doch gesagt«, meinte Linda.
»Na gut«, sagte Annabell. »Ich werde nicht fragen, sondern ich werde die Pfirsiche klauen.«
»Du bist verrückt«, wiederholte Daniel.
»Das ändert nichts«, sagte Annabell. »Und wer mich zurückhalten will, muß mit dem Schlimmsten rechnen. Ich werde schreien.«
»Annabell!« sagte Daniel.
»Annabell!« sagte Linda.
»Das ist mein Name«, sagte Annabell.
»Und Papa? Und Mama?« fragte Daniel.
»Laß dir was einfallen«, sagte Annabell. »Du hast in deinem Leben schon so viel gelogen, da kommt es auf einmal mehr nicht an.«
»Verkleide dich wenigstens«, schlug Linda vor.
»Vergiß es«, sagte Annabell. »Leih mir mal dein neues Sweatshirt aus. Das mit dem engen Strickbündchen.«
»Das ist meins«, sagte Linda.
»Ja, verdammt noch mal«, sagte Annabell wütend.
»Du schwitzt unter den Armen«, sagte Linda.
»Kein Sweatshirt, kein Pfirsich«, sagte Annabell.
»Na schön.« Linda gab nach.
Als es so aussah, daß die Luft draußen rein war, verließ Annabell mit Lindas neuem grauen Sweatshirt bekleidet das Haus. Sie lief mit tief gesenktem Haupt auf die Straße, an Winters Haus vorbei und dann rechts um die Ecke, wo ein Jägerzaun und unterschiedliche Zierpflanzen Winters Grundstück begrenzten.
Im Jägerzaun befand sich ein Tor, das normalerweise nur dazu diente, die Mülltonnen auf die Straße raus- und spä-

ter wieder reinzurollen. Annabell brauchte das Tor gar nicht zu öffnen, sondern schwang nur ein Bein nach dem anderen hinüber und stand in Winters Garten. Die Gelegenheit war günstig. Tante Moskito hielt sich im oberen Stockwerk auf, um die Rolläden vor den Fenstern ein Stückchen herunterzulassen. Es war für Annabell ein leichtes, auf die Terrasse zu gelangen und in die Kiste mit den Pfirsichen zu greifen. Sie steckte sechs gutaussehende Pfirsiche unter ihr weites Sweatshirt. Das Strickbündchen saß stramm in der Taille und hinderte die Pfirsiche am Hinunterpurzeln.

Annabell verteilte die neu entstandenen Lücken gleichmäßig auf beide Paletten. Ob nun neun Pfirsiche verschwunden waren oder fünfzehn: Tante Moskito würde das sicherlich gar nicht merken.

Das Schlimmste liegt hinter mir, dachte Annabell, als sie das Grundstück verließ.

Das Schlimmste stand aber, als sie die Haustür schon fast erreicht hatte, genau vor ihr. Das Schlimmste und das Beste, wie man's nimmt. Es war Finn Rückert, der seine nachmittägliche Tour heute ausnahmsweise vorverlegt haben mußte. Er stand wie aus dem Nichts gekommen vor ihr. Sein Kopf lief rot an wie eine Tomate.

Annabell, die ihre Arme mangels Bewegungsfreiheit steif und weitab vom Oberkörper halten mußte, stand da wie erstarrt. Ihr erster Gedanke war, daß sie schrecklich aussehen müßte: gepolstert mit Fettwülsten um Taille und Rippen. Wie eine schwangere Lerche.

Ihr Kopf lief auch rot an wie eine Tomate.

Erst ihr zweiter Gedanke war, daß Finn Rückert sie gar

nicht sehen durfte. Und so machte sie instinktiv das, was man normalerweise tut, um böse Nachtgespenster zu vertreiben. Sie hob die Arme und versuchte mit abwehrenden Bewegungen Finn zu verscheuchen. »Ksch, ksch«, machte sie. »Ksch, ksch.«

Da Finn aber weiterhin wie angenagelt stehen blieb, konnte sie nichts anderes tun, als die Flucht zu ergreifen. »Ich bin nicht da. Du hast mich nie gesehen«, stieß sie schnell aus. Dann sah sie noch, wie Finn sie mit ausgestreckter Hand zu berühren versuchte. Als ob er nicht glaubte, was er sah. Sie hatte aber schon die Kurve gekriegt und lief, so schnell ihr Zustand es erlaubte, außer Reichweite, um die Ecke und über den Zaun.

Zuerst verbarg sie sich zwischen den Mülltonnen. Sie hielt sich die Hände vors Gesicht, vor die Augen, damit sie nichts sah und von niemandem entdeckt werden konnte. Ein alter Trick aus Kindertagen, der manchmal noch funktionierte.

Erst nach längerer Zeit hörte sie das rollende Geräusch des abfahrenden Skateboards und fühlte sich besser.

Zurück auf die Straße wollte sie trotzdem nicht. Man konnte nie wissen. Das einzige, was ihr noch blieb, war der Katzenschleichweg durch die Hecke.

Sie drückte sich durch die Ziersträucher zum hinteren Ende des Gartens, dann schlich sie durch Tante Moskitos Buschrosenbeet zur Hecke. Das war nicht einfach, denn Rosen haben Stacheln. Und Stacheln kratzen die Haut auf, bis es blutet.

Dann tauchte Micky Winter auf. Er schien etwas dagegen zu haben, daß Annabell seinen Durchschlupf benutzen

wollte, und zwängte sich neben sie durch das Heckenloch. Annabell ließ ihm den Vortritt. Micky hatte Erfahrung. Als er schon die Breite der Hecke passiert hatte, lugte er vorsichtig hervor und suchte die Gegend nach Feinden ab. Katzen haben eine enorme Geduld, und Annabell mußte etwas nachhelfen, damit er sich bewegte. Sie drückte ihren Kopf einmal, zweimal fest gegen sein Hinterteil.
Das Heckenloch, das nur für Katzen gemacht war, hatte ihr den Rest gegeben. Die Arme waren völlig verkratzt und ihre Haare zerzaust. Lindas Sweatshirt sah aus wie durch den Dreck gezogen.
Auf Knien rutschte Annabell auf der anderen Seite der Hecke bis zum Kellereingang. Daniel, der ihre Eskapaden verfolgt hatte, öffnete ihr die Tür, und sie hatten Mühe, Micky Winter, der nichts verstand, zu verscheuchen.
Das Sweatshirt und ihre Hosen blieben gleich unten in der Waschküche. Annabell zog die Sachen vom Vortag an. Die waren wenigstens sauber.
Linda verlor kein Wort über ihr verdrecktes Sweatshirt. Was war schon ein blöder Pulli gegen einen rotgoldfarbenen Pfirsich?
Daniel versteckte die Früchte in der Tiefkühltruhe.
Es war mittags, und natürlich mußten sie diese gräßliche Linsensuppe essen. Schon der Anblick genügte, und Annabells Magen drehte sich einmal um sich selbst. Aber nach dem Essen geschah ein Wunder. Daniel legte rotgold glänzende Pfirsiche auf den Tisch.
Frau Moll war begeistert. »Daniel!« schrie sie, fast eine Spur zu laut.
»Das müßt ihr mir erklären«, sagte Herr Moll.

»Tiefkühltruhe«, sagte Daniel.
»Das kannst du mir doch nicht weismachen«, sagte Herr Moll. »Tiefkühlobst ist matschig und labberig.«
»Das muß nicht sein«, sagte Daniel. »Wenn du Früchte auf eine bestimmte Art und Weise in die Fächer legst, dann bleiben sie frisch wie am ersten Tag. Neueste Erkenntnisse. Wie die Wissenschaft von der Mikrowelle.«
»Dasss hassst du Daniel auch erssst nicht glauben wollen«, sagte Frau Moll.
Vorsichtig bissen sie in ihre Pfirsiche, die nach den neuesten Erkenntnissen tiefgefroren waren.
»Ganz ungefährlich«, sagte Daniel.
»Kalt sssind sssie ja«, sagte Frau Moll.
»Und saftig auch«, sagte Herr Moll und ließ den Saft auf die Tischdecke tropfen.
»Gar nicht matschig«, sagte Linda.
»Und auch nicht labberig«, traute sich Annabell schließlich zu sagen.
Herr Moll war als erster fertig. Er leckte seine Finger und den Kern so gründlich ab, als ob er es von Micky Winter gelernt hätte.
Dann stand er auf und wühlte in den Küchenschubladen herum.
»Sssuchssst du wasss?« fragte Frau Moll. »Wasss denn?«
»Die Gebrauchsanleitung für die Tiefkühltruhe«, sagte Herr Moll. »Ich habe da anscheinend in den letzten Jahren viel verpaßt.«
Daniel erhob sich nun ebenfalls, ziemlich schnell, wie Annabell fand. Er schob Herrn Moll sanft, doch entschieden aus der Küche. »Die Gebrauchsanleitung ist verschwun-

den«, sagte er. »Du brauchst gar nicht zu suchen. Aber ich habe alles im Kopf.«
Frau Moll stand jetzt auch auf. Als sie an Annabell vorbeikam, sagte sie erschrocken: »Wie sssiehssst du denn ausss? Dein Arm issst ja völlig ssserkratssst, und dein Haar, guck mal, Linda, Annabellsss Haar issst voller, ja voller *Ich-weisss-nicht-wasss.* Wo hassst du dich denn rumgetrieben?«
»Ich?« sagte Annabell mit großen, unschuldigen Augen. »Ich? Ich hab mein Zimmer aufgeräumt.«

Isss' wasss, Papa?

Nach dem Mittagsmenü legte sich Herr Moll auf die Couch im Wohnzimmer und schlief rasch ein. Er stieß abwechselnd tiefratternde und pfeifende Atemgeräusche aus.
Es war also wie jeden Mittag. Frau Moll reckte und dehnte sich auf ihrem Stuhl. Sie schien unschlüssig zu sein, ob sie ihrem Mann ins zeitweilige Jenseits folgen oder lieber kreativ tätig sein sollte. Linda stach ihren verunglückten Topflappen nun endgültig tot.
Plötzlich veränderten sich die Töne, die Herr Moll von sich gab. Zuerst wußte Annabell nicht, ob es noch Geräusche des Schlafens oder schon Hinweise auf sein nahes Erwachen waren. Mit piepsiger Stimme formte Herr Moll Wortfetzen, die sie aber nicht verstehen konnte. Mit weit geöffneten Augen starrte er an die Decke, und der rechte Arm lag steif und ein wenig verkrampft an seiner Seite.
Schließlich erkannte der Rest der Familie, daß es sich bei Herrn Molls Verrenkungen um angestrengte Bemühungen handelte, die Aufmerksamkeit seiner Familie auf sich zu lenken.
»Isss' wasss, Papa?« fragte Frau Moll noch leichthin. Herr Moll piepste und miepste – ziemlich unbeweglich übrigens – weiter auf seinem Sofa herum. Frau Moll sah ihre

Kinder mit einer vollendet einseitig hochgezogenen Augenbraue an. Sie signalisierte damit so was wie *Glaubt-ihr-auch-daß-der-Alte-spinnt.*

Dann sprangen sie alle fast gleichzeitig auf und umringten die Schlafcouch. Frau Moll beugte sich vor und wiederholte ihre Frage. »Isss' wasss, Papa?«

Aber jetzt konnte sie das, was Herr Moll zu sagen versuchte, verstehen. »Ich hab so Bauchschmerzen«, krächzte er. »Ich kann mich nicht rühren.«

»Wo tut'sss denn weh?« fragte Frau Moll in dem vertrauten Tonfall, den sie immer dann anschlug, wenn es einem ihrer Lieben schlechtging.

»Blinddarm?« fragte sie nach.

Herr Moll zeigte aber, so gut es eben ging, mit seinem rechten Arm auf die andere Seite und irgendwie weiter, hinein in die Polsterung der Couch.

»Wasss könnte denn linksss sssein?« rätselte Frau Moll und piekste Herrn Moll auf den linken Unterbauch.

Herr Moll gab ein unwillig geartetes Geräusch von sich, und Frau Moll tastete sich mit ihrem Zeigefinger vor und das Umfeld ab.

»Vorsichtig«, sagte Daniel. »Wenn du so weitermachst, kommst du gleich an Papas erogene Zone, und ich glaube nicht, daß er damit jetzt Probleme hat.«

Herr Moll schnaubte verächtlich durch die Nase.

»Links«, flüsterte er mit schmerzverzerrtem Gesicht. »Links.«

Da niemand in der Familie wußte, was Herrn Moll auf seiner linken Seite schmerzen konnte und diese Seite der Handbewegung nach ziemlich groß ausfiel, kam Annabell

auf die einzig akzeptable Lösung: »Wir müssen einen Arzt rufen«, sagte sie.
»Genau«, bestätigte Frau Moll und machte schon einen Schritt rückwärts.
»Nein«, keuchte Herr Moll, griff nach seiner Frau und bäumte sich halbwegs auf.
»Aber ja«, sagte Frau Moll. »Wasss sssollen wir denn sssonsssst machen? Esss issst gansss klar, irgendwasss hassst du, und keiner von unsss issst ärssstlich wesssentlich vorgebildet.«
Annabell fiel auf, wie genial Frau Moll es verstand, alle Wörter mit S-c-h zu umgehen. Damit hatte sie es verstanden, das seit der Kirschkerngeschichte allgemein herrschende Amüsement über ihr Lispeln auf das gebotene Maß an Seriosität zurückzudrehen.
Herr Moll winkte seine Familie heran. »Wärmflasche«, preßte er hervor. »Es ist wahrscheinlich wegen der Linsensuppe. Bestimmt nur ein verklemmter Pups.«
Frau Moll sah ihren Mann mißtrauisch an. »Na gut«, sagte sie. »Wir warten noch ein Weilchen. Wie lange dauert esss, bisss sssich ein verklemmter Pupsss gelössst hat?«
Niemand hatte bisher ähnliche Erfahrungen gemacht, und so zuckten alle mit den Schultern.
Frau Moll füllte die blaue Wärmflasche mit heißem Wasser und drückte sie zwischen die Rückenlehne des Sofas und Herrn Molls linke Seite. Er war sehr dankbar dafür, und nun ließ er seine Frau nicht mehr von seiner Seite, hielt ihre Hand fest umklammert und schloß die Augen.
Die Kinder wußten nicht, was sie mit ihren Eltern anfangen sollten. Sie saßen feierlich um den Eßtisch herum und

betrachteten das liebliche Bild, das das Ehepaar Moll abgab.
Frau Moll schien sich in ihr Innerstes zurückgezogen zu haben. Man konnte ihrem Gesichtsausdruck nicht ansehen, was sie dachte.
Herr Moll hatte seine Stirn in tiefe Falten gelegt, und Annabell, die sich allmählich langweilte, versuchte, es ihm nachzumachen. Sie betrachtete sich dabei aus einiger Entfernung in der dunkelblauen Glasvase, die auf dem Sideboard stand, aber ihr Spiegelbild, das wie ein Mondgesicht aussah, gefiel ihr nicht. So hörte sie auf, Grimassen zu schneiden.
»Jetssst reicht esss mir aber«, sagte Frau Moll nach einer Weile. »Pupsss hin, Pupsss her. Wir müsssen einen Arssst rufen. Esss kann ja Gott weisss wasss sssein.«
»Nein«, sagte Herr Moll mit verzweifeltem Gesichtsausdruck. »Hör mir zu, Liebes, du hast wegen deines Zahns auch so viel ausgehalten, und alles wegen mir Blödmann. Und jetzt mache ich die Sache nicht kaputt wegen so einer Verklemmung.«
»Wegen einesss Pupsss«, sagte Frau Moll.
»Genau«, stöhnte Herr Moll und versuchte, sich etwas auf die Seite zu drehen, was ihm aber offensichtlich nicht guttat. Der Pups oder was immer es war, gestattete keinerlei Bewegung.
»Und wenn esss wasss gansss anderesss issst?« Frau Moll stellte nun Vermutungen an. »Dasss Hersss vielleicht.«
»Das Herz ist doch höher, Mama«, sagte Linda mit tiefer und sehr beruhigend klingender Stimme. »Alles, was gefährlich ist, liegt oberhalb der Gürtellinie.«

»Da wär ich nicht so sicher«, sagte Daniel. »Mir fallen ein paar Dinge ein, die unterhalb der Gürtellinie liegen und trotzdem sehr gefährlich sind.«
»Mir issst nicht nach Ssspasssen sssumute«, schrie Frau Moll ohne Rücksicht auf die Nachbarn.
»Aber die Kinder haben recht«, sagte Herr Moll, und seine Stirn begann sich zu glätten. »Es wird nichts Schlimmes sein, kein Herz und so. Bitte versprecht mir, daß wir nicht aufgeben werden, nicht jetzt und nicht hier. Ihr habt alle so wunderbar durchgehalten, und jetzt werde ich doch nicht so einfach zwei Tage vor dem Ende der Aktion schlappmachen. Also bitte, versprecht mir das. Maria?«
»Ssson gut«, lenkte Frau Moll ein, sah ihren Mann aber nicht an, sondern warf einen zuckenden Blick auf ihre Kinder.
»Versprochen«, sagte Daniel. »Und wenn du dabei krepierst.«
»Daniel!« brüllte Frau Moll.
»Laß nur, Mama«, sagte Herr Moll mit ersterbender Stimme. »Ich weiß schon, wie er's meint. Annabell und Linda noch. Versprochen?«
»Ja, Papa«, sagte Linda mit fester Stimme.
»Versprochen«, sagte Annabell und kreuzte hinter ihrem Rücken vorsichtshalber die Finger.
Dann verließen Daniel, Linda und Annabell das Wohnzimmer, und Frau Moll hielt ihrem Mann weiterhin die Hand.
Ohne sich abzusprechen, steuerten alle Annabells Zimmer an, das erste, das nach dem Treppenabsatz im oberen Stockwerk lag.

»Und jetzt rufen wir den Arzt an«, sagte Daniel.
»Nein, Judas Ischarioth«, sagte Annabell. »Wir haben es versprochen.«
»Aber hast du nicht Mamas Blick gesehen?« fragte Daniel.
»Wie würdest du denn gucken, wenn dein Mann im Sterben liegt?« sagte Linda.
»Kann mir nicht passieren«, sagte Daniel.
»Oder Biggi?« sagte Linda.
»Ich weiß nicht«, sagte Daniel. »Noch sind wir nicht verheiratet. Wir müßten jedenfalls was tun, was kein Verrat wäre. Es müßte aber allen zeigen, daß wir wieder zu Hause sind. *Wieder*, meine ich, *wieder*.« Daniel war ganz gut, was die theoretische Seite betraf. Aber wie sollte man so einen Vorschlag in die Praxis umsetzen?
»Wir könnten heute abend ankommen, mit dem Auto«, schlug Annabell vor. »Wir bräuchten Papa nur ins Auto zu setzen, bei Dunkelheit, und Mama könnte dann, sozusagen, in die Garage fahren, so daß alle Leute es hören.«
»Alle Leute?« fragte Linda nach. »Du meinst, Onkel Willi und Tante Moskito.«
»Ja«, sagte Annabell. »Wir brauchen Papa nur runterzuschleppen.«
»Der kann sich doch gar nicht bewegen«, sagte Daniel. »Der hat solch stechende Schmerzen, daß ihm das Atmen schon schwerfällt. Und wenn ihr mich fragt, also, das hat nichts mit Blähungen oder so zu tun.«
»Hol doch mal das Gesundheitsbuch«, sagte Annabell.
»Aber eins für Männer und nicht für Frauen.«

»Männer sind nicht krank«, sagte Daniel.
»Hatte ich auch immer gedacht«, sagte Linda. »Frauen haben alles mögliche, ihre Tage und Migräne und Kinder und so. Männer kriegen nur einmal im Leben Pickel, und das ist dann alles.«
»Oder sie sterben gleich am Herzinfarkt«, meinte Daniel. »Das ist der Unterschied zwischen Männern und Frauen. Frauen haben tausend Wehwehchen, aber nichts Richtiges, und sie leben länger. Und Männer? Zack. Bum.«
»Red doch kein Scheiß«, sagte Annabell. »Aber ich hätte eine Idee. Wir könnten Micky Winter anlocken und einsperren. So was hat sich doch schon bewährt. Spätestens um Mitternacht steht Tante Moskito vor dem Haus, und wenn wir Micky richtig aushungern, wird er zum Gotterbarmen jammern, sobald er ihre Stimme hört. Und dieses Mal wird Tante Moskito bestimmt die Tür aufbrechen lassen.«
»Sag mal, bist du blöd?« fragte Linda. »Du hast doch sowieso schon immer freiwillig dein halbes Essen an den Kater abgegeben, wenn er dir mal unter die Pfoten geriet. Und da machst du 'nen Vorschlag, als ob du es schaffen würdest, eine Katze länger als eine halbe Stunde jaulen zu lassen. Für wen hältst du dich denn?«
»Annabell Terminator«, sagte Daniel.
»War nur so 'ne Idee«, brummte Annabell.
»Was krieg ich dafür, wenn ich was vorschlage, das funktioniert und wo keiner den Verräter spielen muß?« fragte Linda.
»Fünf Mark«, sagte Annabell.
»Das Leben deines Vaters«, sagte Daniel.

»Na gut«, sagte Linda. »Geschenkt. Also. Annabell hat doch was mit Finn Rückert.«
»Was hab ich?« zischte Annabell und war drauf und dran, Linda eine zu scheuern.
»Nun ja«, sagte Linda. »Ich jedenfalls habe noch nie mit dem Fernglas bewaffnet am Fenster gestanden, um einen Skateboardfahrer zu beobachten. Außerdem hat sie einen Fetisch von ihm. Warum wohl?«
»Erstens«, sagte Annabell, »zweitens, drittens.«
»Jaja«, sagte Linda. »Wir wissen schon. Ich schlage trotzdem vor, du hängst Finns Rotzfahne zum Fenster raus. Ich wette, er vermißt sein Tuch immer noch. Wenn er's sieht, wird er kommen. Und das ist kein Verrat! Wir brauchen hier nur still zu sitzen und zu warten. Finn ist, wette ich, ohne sein Tuch ziemlich hilflos. Er trägt es mindestens schon drei Jahre täglich, na ja, fast täglich, und ohne diesen Lappen fühlt er sich auf die Dauer ziemlich nackt. Wetten wir?«
»Fünf Mark«, sagte Daniel.
»Fünf Mark«, sagte Annabell. »Aber wenn es doch nur ein verklemmter Pups ist?«
Und wenn Finn heute nachmittag gar nicht mehr kommen würde? Wenn er seine Touren auf die Vormittage verlegt hätte?
Was dann?

Der leibhaftige Cassiter

Das Halstuch roch muffig, nun ja, eben nach einem in die Jahre gekommenen Teddybär.
Annabell öffnete vorsichtig das Fenster, knüpfte es an den Fenstergriff und schloß das Fenster so, daß das Tuch lang nach draußen fiel und ziemlich heftig im Wind flatterte. Es war halb drei, und das bedeutete, daß es noch eine halbe Stunde dauerte, bis das Schicksal entscheiden würde.
Daniel rannte treppab, treppauf, um den Zustand seines Vaters zu begutachten, aber der schien unverändert zu sein, denn Daniel schüttelte jedesmal den Kopf, wenn er wieder in Annabells Zimmer erschien.
Linda, von der die Idee mit dem Halstuch stammte, hatte die Ruhe weg. Sie kuschelte sich mit *Cassiter im Saloon der roten Lulu* in die äußerste Ecke von Annabells Bett und tat, als ginge sie die ganze Sache nichts an.
Annabell aber stand mit dem Fernglas bewaffnet hinter der Gardine. Wenn das Halstuch zu wild flatterte, verdeckte es die Sicht auf die Straße, und sie mußte das Glas absetzen, um sich besser orientieren zu können. Sie als einzige wußte, daß Finn sich heute schon einmal in der Gegend herumgetrieben hatte. Möglicherweise trafen ihre Befürchtungen doch zu, und Finn hatte seine Touren einfach verlegt.

Aber pünktlich um drei Uhr erschien Finn Rückert auf der Bildfläche. Annabell fiel ein mittelgroßer Stein vom Herzen. Würde Finn das Halstuch sehen?
»Er kommt«, flüsterte sie.
Finn kam die Rembrandtstraße in einem solchen Tempo runter, daß er schon am Haus vorbeigerast war, bevor Daniel und Linda sich überhaupt aufgerafft hatten und sich zu Annabell ans Fenster gesellten.
»Bist du sicher?« fragte Linda und gähnte. Sie war noch tief in Cassiters Abenteuer verstrickt und hatte so schnell keinen Zugang zum wirklichen Leben gefunden.
»Natürlich bin ich sicher«, sagte Annabell. »Die erste Runde ist vorbei. War wohl nichts.«
»Wieviel Runden dreht er denn?« fragte Daniel.
»Acht oder neun«, sagte Annabell.
»Dann hat er ja noch mindestens sieben Chancen«, rechnete Daniel aus.
»Er?« fragte Annabell. »*Wir* wohl eher.«
»Wir?« sagte Linda. »*Papa* wohl eher.«
Annabell merkte schon, daß es sinnlos war, Linda mit dem Ernst des Lebens vertraut zu machen, und beschloß, die Schwester nicht mehr mit einzubeziehen. Daniel wenigstens erkundete ab und zu die Lage im Wohnzimmer, schüttelte aber bei seiner Rückkehr den Kopf; Papas Verklemmung schien anzuhalten.
Zwanzig nach drei. Finn Rückerts zweite Runde begann. Annabell sah genau, wie er von oben die Straße runterschoß. Er trug ein weißrot kariertes Hemd, von dem die zwei obersten Knöpfe offen waren, und Annabell konnte unter dem Hemd ein weißes, hochgeschlossenes T-Shirt

erkennen. Das Hemd kam Annabell irgendwie bekannt vor, aber weder Daniel noch Herr Moll besaßen ein ähnliches, das wußte sie genau.
Annabell war sich auch sicher, daß Finn Rückert, als er sich dem Haus näherte, nach oben schaute. Er mußte das so auffallend wehende Halstuch gesehen haben, zeigte aber keine Reaktion. War Finn Rückert etwa blöd?
Vor Aufregung kreuzte Annabell im Stehen die Beine. Es war gar nicht so einfach, dabei die Balance zu halten, aber sie war sicher, daß sie in die Hosen machen würde, wenn sie jetzt nicht aufpaßte.
Zwanzig Minuten später: die dritte Runde.
»Und?« fragte Daniel.
»Pssch«, machte Annabell.
Fuhr Finn Rückert tatsächlich langsamer in die Rembrandtstraße hinein? Schaute er wirklich interessiert zum Mollschen Haus hinüber und wurde er nicht sogar noch langsamer?
Irgendwie war Finn Rückert doch blöd. Zu diesem Entschluß kam Annabell, als er die dritte Gelegenheit ungenutzt verstreichen ließ. Sie hatte zwanzig Minuten Zeit und ging nun doch auf die Toilette. Vor lauter Aufregung zog sie die Wasserspülung, aber die Familie hatte jetzt andere Sorgen, als sich deswegen zu beschweren.
Es dauerte keine zwanzig Minuten, bis Finn Rückert wieder auftauchte. Er kam auch nicht von der Obergasse her, sondern stiefelte unschlüssig die Rembrandtstraße hinauf. Das Skateboard hatte er unter den Arm geklemmt.
Nun stand er vor dem Haus. Sein gerötetes Gesicht war halb von verschwitzten Haarsträhnen bedeckt. Die Ärmel

des Hemdes hatte er hochgerollt, so daß Annabell seine leicht gebräunten Unterarme bewundern konnte. Das war es, was Jungen hatten und Mädchen einfach scharf machte: die dünnhäutigen, sehnigen Unterarme, die alles, was sie haben wollten, packen und festhalten konnten bis in alle Ewigkeit, mein Himmel. Wie gerne würde sie mit der Spitze des Mittelfingers der Spur der sich hervorhebenden Sehnen folgen, vom Handgelenk angefangen bis zu der Stelle, wo die Hemdsärmel aufgerollt waren, weiter zur Beuge und so fort und so fort. Annabell liefen ganze Pfützen im Mund zusammen. Sie schüttelte sich leicht; ihr Heißhunger auf Erdbeertörtchen spielte jetzt keine Rolle. Es ging um Leben und Tod.

Noch jemand schien die Situation endlich begriffen zu haben. Linda hatte sich neben die Schwester gestellt und keuchte leise vor Aufregung. Sie krallte ihre Fingernägel in Annabells Arm.

»Wow«, sagte sie. »Er ist tatsächlich da. Ich hätte es fast nicht geglaubt. Und schau mal. Er sieht ein bißchen aus wie Cassiter, dasselbe Hemd wie auf dem Umschlag von *Cassiter und die Leder-Lady*, wow, ich habe noch gar nicht gemerkt, wie toll Finn Rückert aussieht.«

Sie sprintete in ihr Zimmer und kam mit dem Cassiter-Heft zurück, und wahrhaftig: Cassiter und Finn Rückert sahen sich verdammt ähnlich. Und die Hemden, mit denen sie ausstaffiert waren, hatten sie sicherlich im selben Shop erstanden.

Es war Zufall, bestimmt, es war Schicksal, vielleicht, jedenfalls sah Annabell in den Augen der Schwester, daß die glatt bereit war, die Märchenwelt von Cassiter zu

verlassen und eine schrecklich reale Geschichte mit Finn Rückert anzufangen. Annabell haßte Linda abgrundtief.
Finn wußte von alldem nichts. Er stand tatsächlich wie ein Blödmann auf der Straße und starrte zum Fenster mit der wehenden Fahne hinauf. Dann machte er einen Schritt in die Einfahrt hinein, ging zurück, sah auf den Boden und betrieb das Spielchen noch einmal von vorn.
Schließlich schien er einen Entschluß gefaßt zu haben.
Er ging zum Haus der Winters und drückte auf den Klingelknopf. Zum Glück war Tante Moskito zu Hause. Sie war ganz lieb zu Finn Rückert, legte sogleich den Arm um seine Schultern und lief mit ihm auf die Straße, um die Flagge zu betrachten und deren Bedeutung zu enträtseln.
Und dann war Tante Moskito in ihrem Element. Mit Finn an der Hand ging sie schnurstracks auf das Haus der Molls zu, drückte auf den Klingelknopf, einmal, zweimal, dreimal und ließ nicht locker.
Daniel, Linda und Annabell liefen zu den Eltern und bedeuteten ihnen mit fast synchronen Bewegungen, daß sie unschuldig waren und von der Situation total überfordert.
Tante Moskito schien inzwischen ihren Schuh ausgezogen zu haben und damit gegen die Haustür zu bollern. Jeder Schlag besagte, daß sie nicht aufgeben würde, und so nickte Frau Moll schließlich, ohne auf ihren Mann zu achten. Herr Moll nickte auch, fügte allerdings noch ein Wörtchen hinzu: »Aber…«

»Ist schon gut«, sagte Daniel, der seinen Vater offensichtlich richtig verstand. »Ich mach das schon«, beruhigte er ihn.
Sie ließen Tante Moskito ins Haus und Finn Rückert natürlich, der sehr verlegen aussah und nicht wußte, wohin mit seinen Blicken und seinem Skateboard. Zunächst gab es das nach Reisen übliche und lautstarke *Hallo, Hallo*.
»Was um Himmels willen…« fragte Tante Moskito erschreckt, als sie Herrn Moll hilflos auf der Seite liegen sah.
Herr Moll löste seine Hand aus der seiner Frau und hob sie sehr langsam an. Er grüßte mit schwacher Stimme.
Es hörte sich äußerst wehleidig an.
»Wir mußten etwas eher aus den Ferien zurückkommen«, sagte Daniel und probierte aus, seiner Stimme Tiefe und Würde zu geben.
»Was ist passiert?« fragte Tante Moskito und schloß gleich tausend weitere Fragen an: »Seid ihr bei Nacht und Nebel zurückgekommen? Warum habt ihr euch nicht mal gemeldet? Wieso weiß dieser Junge, daß ihr da seid, und ich habe nichts gemerkt?« Sie umarmte Frau Moll und irgendwie gleichzeitig auch deren Ehemann. Frau Moll war verlegen. Sie grinste breit und legte damit gleichzeitig den Grund für ihr Lispeln frei: den angeschlagenen Schneidezahn.
»Wie siehst du denn aus?« fragte Tante Moskito. »Was hat man denn um Gottes willen mit euch gemacht? Wo um alles in der Welt wart ihr bloß?«
»Auf einer Abenteuerreise«, sagte Daniel.
Oh, Daniel!

»Abenteuerreise?« kreischte Tante Moskito. »Wie entsetzlich.«
»Entsetzlich?« fragte Daniel. »Nein, nicht entsetzlich. Es war anstrengend, aber irgendwie auch schön.«
Komisch, daß alle nickten. Sie standen also wie *ein* Mann, das heißt: wie *eine* Familie zusammen. In Annabell war ein Glücksgefühl, das sie noch nie vorher erfüllt hatte, und sie spürte, daß die ganze Mannschaft sich ähnlich fühlte.
Tante Moskito hatte Tor und Tür offengelassen, als sie ins Haus eingedrungen war. Mittlerweile hatte sich Onkel Willi dazugesellt; es war inzwischen Viertel nach vier geworden.
Onkel Willi rief als erstes Dr. Schürmann an, den seiner Meinung nach besten Arzt der Stadt. Aber die Kapazität war in Urlaub, und so wurde schließlich doch der Hausarzt von den Molls gerufen, Dr. Zumkeller, der unverzüglich erschien.
Frau Moll scheuchte alle in die Küche, und die Moll-Kinder mußten von ihren Abenteuerferien berichten. Daniel holte aus: Wie sie als erstes in Südfrankreich in einem Hotel übernachteten, dessen Räume frisch gestrichen waren, und wie sie dort, um nicht wegen der Hitze und giftiger Farbgerüche zu krepieren, bei offenen Türen geschlafen hatten, durch die Moskitos und Einbrecher ohne weiteres hätten eindringen können. Beim Wort *Moskito* grinsten Annabell und Linda, denn bei dem Wort hatten sie ganz sicher andere Vorstellungen als beispielsweise Finn und die Winters.
Annabell kam die ganze Geschichte irgendwie bekannt

vor, und sie kramte in ihren Erinnerungen, bis ihr einfiel, daß ihnen dieses Erlebnis vor drei Jahren in einem Hotel in Nîmes widerfahren war.

»Mein liebes Gottchen«, sagte Tante Moskito und schlug die Hände über dem Kopf zusammen. »Auf den Bahamas wäre euch das nicht passiert.«

Dr. Zumkeller schien eine Menge mit Herrn Moll anzustellen. Es dauerte und dauerte. Linda mußte mit ihrer Feriengeschichte rüberkommen: Wie sie in Italien nach langer Irrfahrt in der Dunkelheit bei Parma eine Bleibe fanden und Frau Moll ihren Waschbeutel genau auf einen Skorpion ablegte, zum Glück, wie sich herausstellte, denn dadurch wurde er sehr lebendig und bekam nichts anderes zu beißen als den Plastikstoff des Waschbeutels.

»Mein liebes Gottchen«, kommentierte Tante Moskito, und ihr Mann fügte hinzu: »Ich sag's ja, auf den Bahamas wäre euch das nicht passiert.«

»Das hab *ich* schon gesagt«, plapperte Tante Moskito. Aus irgendeinem Grund benahm Linda sich so, als ob sie Finn Rückert mit ihrer Erzählung beeindrucken wollte. Sie sah ihn direkt an (Auge in Auge) und beschrieb mit einigem schauspielerischen Talent, wie sie den Skorpion schließlich mit ihrem Latschen totgeschlagen hatte. Das stimmte nicht, denn Annabell erinnerte sich noch genau daran, daß die Sache vor vier Jahren am Gardasee passiert war und ihr Vater sich natürlich des Skorpions angenommen hatte.

Tatsächlich trug Finn das gleiche Hemd wie dieser Typ auf dem Umschlag mit der Lederlady. Das hieß doch aber nicht, daß aus Finn Rückert Finn Cassiter geworden war.

Jedenfalls war es widerlich, wie Linda sich an Finn ran-

machte, *die eigene Schwester*. Wie sie Finn mit den Augen verzehrte! Dabei war Finn viel zu schade für Linda. Und viel zu mager außerdem. Durch sein T-Shirt konnte man die Salzfäßchen – diese hübschen Kuhlen, die eben hauptsächlich Jungen haben – beidseitig über den Schlüsselbeinen erkennen, und sein unbedeckter, stark hervortretender Adamsapfel stach an seinem Hals hervor.
Nun war Annabell an der Reihe, eine Geschichte aus den Abenteuerferien zu erzählen. Sie berichtete weitschweifig, wie, erstens, ihre Luftmatratze vom Wind über das ganze Mittelmeer geblasen wurde und Daniel vergeblich versucht hatte, sie einzufangen. Wie schließlich ein britischer Junge mit *seinem* Surfbrett *ihrer* Luftmatratze nachgejagt war (und sie eingeholt hatte). Wie, zweitens, ihr Schlafzimmer nachts von mindestens dreißig Kakerlaken heimgesucht wurde, die sie einzeln in einer Plastiktüte eingefangen und erstickt und morgens den Geiern zum Fraß vorgeworfen hatte (oder so ähnlich). Und wie, drittens, ihr Auto mitten in der spanischen Sierra Nevada den Geist aufgegeben und ihr Vater es verstanden hatte, wieder Leben in die Rostlaube zu pusten.
»Mein liebes Gottchen«, sagte Tante Moskito. »Daß ihr das alles überlebt habt.«
»Ja«, sagte Annabell, die merkte, daß Finn Rückert kein bißchen von ihrer Geschichte beeindruckt war, auch nicht von dem britischen Jungen. War er etwa nicht eifersüchtig?
»Es war einfach toll«, fuhr sie fort, »und dagegen sind doch Verklemmungen und abgebrochene Zähne nun wirklich eine Kleinigkeit.«

»Nächstes Mal fahrt ihr mit auf die Bahamas«, sagte Onkel Willi tröstend. »Klares Wasser, saubere Hotels, freundliche Bedienung. Was wollt ihr mehr?«
Annabell dachte an das viele Geld, aber das sagte sie nicht.
Endlich kam Dr. Zumkeller mit Frau Moll aus dem Wohnzimmer. Er trug eines von Frau Molls Bildern, die toskanische Landschaft, zusammengerollt unter dem Arm. »Wunderbar«, sagte er immer wieder, »wunderbar.«
Jetzt gingen alle hinüber zu Herrn Moll, der immer noch ausgestreckt auf dem Sofa lag, nun aber friedlich und offensichtlich ohne Schmerzen. »Na, Kinder?« sagte er und grinste.
»Er hat ein krampflösssendesss Sssäpfchen bekommen«, sagte Frau Moll zur Klärung.
»Hat er...«, fragte Annabell und wagte nicht, es auszusprechen, »hat er... ich meine...«
»Nein«, sagte Frau Moll. »Papa hat eine Nierenkolik, und dasss Sssäpfchen nimmt im Moment die Sssmersssen, aber wir müsssen gleich sssu einem Facharssst fahren, damit Weiteresss veranlassst wird.«
»Nierenkolik?« fragte Onkel Willi. »Mein Gott, das hätte ja ganz schön schlimm werden können. Da seid ihr ja gerade noch rechtzeitig zurückgekommen.«
»Das kann man wohl sagen«, bestätigte Herr Moll und sah mit weichem Blick seine Familie an. »Außerdem hat Dr. Zumkeller die Bilder von Maria gesehen und gleich eins gekauft.«
»Wieviel?« fragte Onkel Willi und rieb Daumen und Zei-

gefinger der rechten Hand mit einem schabenden Geräusch aneinander.
»Rate mal«, sagte Herr Moll und sah Onkel Willi gespannt an.
Der fuhr sich mit dem Zeigefinger an den Nasenflügel, machte die Augen zu und schoß heraus: »Neunhundertneunzig.«
»Woher weissst du…« Frau Moll war sehr erstaunt. Sie wedelte mit einem Stück Papier herum, das sich bei näherem Hinsehen als Scheck herausstellte. Der Doktor hatte gleich bezahlt!
»Ich bin Experte«, sagte Onkel Willi. »Es würde sicherlich tausendachthundert wert sein, wenn du bekannt wärst, Maria. Du hättest es wahrscheinlich für vierhundert verkauft, wie ich dich kenne, aber dein Mann hat gepokert, und neunhundertneunzig hört sich viel preiswerter an als tausend. Hab ich recht?«
Alle sahen mit Bewunderung auf Onkel Willi, aber die eigentliche Siegerin war doch Frau Moll, deren künstlerische Bestätigung mit diesem Tage angefangen hatte. Sie zweifelte noch ein wenig an ihrer Kunst. »Wer hätte dasss gedacht?« sagte sie und sah mit großem Unverständnis auf das Papier in ihrer Hand.
»Ich«, sagte Herr Moll unerwartet kraftvoll. »Ich habe dich schon immer für eine große Künstlerin gehalten.«
»Wirklich?« fragte Frau Moll und sah sich irritiert nach ihren Kindern um. »Ich habe dasss immer andersss verssstanden.«
»Dann hast du es falsch verstanden«, sagte Her Moll. »Ich habe lediglich auf all die Probleme hingewiesen, die auf-

tauchen können, wenn sich jemand – hauptberuflich, meine ich, *hauptberuflich* – mit Kunst beschäftigt.«

»Wenn Mama noch fünf Bilder verkauft, dann könnte die Hälfte von uns doch schon auf die Bahamas fliegen, oder?« wollte Linda wissen. Sie hakte sich, *einfach so*, bei Finn Rückert ein, oberhalb seines sehnigen Unterarmes. Annabell kochte fast über, aber Finn schien das alles nicht zu interessieren. Linda brachte ihn nicht eine Sekunde lang aus der Fassung. Er war einfach süß. Nun versuchte er, sich auch ins Spiel zu bringen, wurde aber für Annabells Geschmack eine Spur zu aktiv. »Was ich noch fragen wollte...« begann er.

Nicht doch, Finn Rückert.

»Was ich wissen wollte...«

Nicht doch, Finn Rückert.

Annabell wußte genau, was Finn wissen wollte, nämlich wie es zu ihrem morgendlichen Auftritt draußen vor der Tür gekommen war. Aber er durfte jetzt nicht reden, sonst wäre sie verraten und verkauft.

Sie schoß einen gleichzeitig wilden und lähmenden Blick auf Finn, Te-le-pa-thie, und, o Wunder, es funktionierte. Finn öffnete zwar noch einmal seinen Mund, klappte ihn aber gleich wieder zu. Er sah Annabell irritiert an. Sein nervöser Gesichtsausdruck ließ aber schnell wieder nach, und seine Züge glätteten sich.

Das war der Moment, als Annabell das Gefühl hatte, allein mit Finn Rückert ein Geheimnis zu besitzen.

»Wasss sssollen wir denn auf den Bahamasss?« griff Frau Moll das Thema wieder auf. »Wir haben, jedenfallsss, wasss diesssesss Jahr betrifft, genug Urlaub gehabt.«

»Und was für einen«, sagte Herr Moll. »Ich habe eine prachtvolle Familie. Gut gemacht, Jungs.«

»Jungs?« fragte Tante Moskito entsetzt.

»Dasss issst dasss grösssste Kompliment, dasss Richard unsss machen kann, um ssseine Liebe aussss-sssu-drük-ken«, sagte Frau Moll. Mit dem letzten Wort hatte sie die größten Schwierigkeiten.

»Aha«, machte Tante Moskito mit wenig überzeugtem Gesichtsausdruck, und ihr Mann meinte: »Bei Liebe fällt mir aber was anderes ein.«

»Was du meinst, wollen wir gar nicht wissen.« Herr Moll schnitt seinem Nachbarn vorsichtshalber schnell das Wort ab.

»Ich finde auch, daß wir genug Urlaub hatten«, sagte Daniel. »Und jetzt darf ich doch wohl telefonieren, nicht wahr?«

»Mit Bochum?« fragte Annabell.

»Mit Bochum«, äffte Daniel nach. Und da keiner ein Verbot aussprach, lief er wie vom Affen gebissen hoch in sein Zimmer, um von seinem Apparat aus Biggi anzurufen.

Alle noch Anwesenden mit Ausnahme von Finn Rückert halfen nun Herrn Moll, sich aufzurichten. Manche waren dabei eher wort- als hilfreich. Am Arm seiner Frau stapfte Herr Moll dann durch den Flur nach draußen. »Wenn ich Papa versssorgt weisss, probiere ich noch, sssum Sssahn-arssst sssu gehen«, sagte Frau Moll.

»Der beste Zahnarzt in der Stadt ist Dr. Müller«, sagte Onkel Willi.

»Ssson gut, Willi«, sagte Frau Moll. »Ich bin dir für deine Hilfe sssehr dankbar. Aber wenn du wasss für unsss tun willsssst: Besssorg den Kindern wasss Sssönesss sssum Essen.«

»Wird gemacht«, versprach Onkel Willi. »Was soll's denn sein?«

»Pizza«, sagten Linda und Annabell wie aus einem Mund. Es war aber schwierig, ja, ganz unmöglich, die Pizza telefonisch zu bestellen, weil die Leitung die ganze Zeit über durch Daniel besetzt war.

Onkel Willi schrieb auf, was jeder sich wünschte: Pizza mit Käse, Tomaten, Schinken und Salami und Pizza mit Käse, Salami, Schinken und Tomaten.

»Und was willst du, Finn Rückert?« fragte Linda, so charmant sie konnte. Sie hatte sich *schon wieder* an Finns Arm gehängt und sah ihm von unten ziemlich tief in die Augen.

»Äh...«, sagte Finn Rückert, »äh... mein Halstuch.«

Annabell wollte Finn die Bedeutung der Frage, die er falsch beantwortet hatte, ruhig erklären. Sein Gesicht sah ziemlich unschuldig aus oder eher unbedarft, aber Linda kam ihr zuvor. »Was du für 'ne Pizza willst, mein Gott noch mal«, sagte Linda laut und ließ Finns Arm los.

»Du bist eingeladen«, sagte Annabell.

Finn schien erleichtert. »Pizza mit Salami, Schinken, Tomaten und Käse«, sagte er.

Als ob irgend jemand auf der Welt eine andere Sorte wählen würde!

Apfel und Erdbeereis

Während Onkel Willi unterwegs war, um die Pizzas zu besorgen, erfand Tante Moskito ihre eigenen Geschichten, die inzwischen hier zu Hause passiert sein sollten: Eines Tages sei die Polizei aufgetaucht und habe behauptet, in einem ihrer Häuser, Winters oder Molls, steckten möglicherweise Einbrecher.
Und einmal habe Onkel Willi gemeint, Annabell am Fenster zu sehen, aber es war nur eine Fata Morgana gewesen. Sie hatten sich halt Sorgen gemacht, weil sie nicht einmal eine Ansichtskarte von ihnen bekommen hatten, geschweige denn einen Anruf.
Ansichtskarten? »Ach herrjeh«, sagte Annabell. »Haben wir bei der ganzen Aufregung einfach vergessen.«
Als Onkel Willi mit einem Stapel Pizzakartons und acht Bechern Eiscreme zurückkam, hatte sich Tante Moskito gerade bei der Behauptung festgebissen, daß die Toilettenspülung bei ihnen, den Molls, defekt sein müsse. Hin und wieder war Wasserrauschen zu hören gewesen, und das, darauf bestand Tante Moskito, könne nur an einem kaputten Ventil liegen, sie hätten das auch mal gehabt.
Dann aßen sie alle zusammen, wie in einer Riesenfamilie, und irgendwie gehörte Finn Rückert dazu. Ob er das wußte?

Als Herr und Frau Moll auftauchten, waren alle erleichtert. Es war wunderbar, Herrn Moll wieder so aufrecht an der Seite seiner Frau stehen zu sehen. Frau Moll öffnete ihren Mund und zeigte ihre Zähne. Blendend weiße, regelmäßige Zähne. Der Zahnarzt schien seine Meisterprüfung an ihrem Schneidezahn abgelegt zu haben.

Bei Herrn Moll hatte das Zäpfchen Wunder gewirkt. Durch eine Beschallung hatte man festgestellt, daß er tatsächlich einen Nierenstein hatte. Der war zwar relativ klein, hatte sich aber so festgesetzt, daß er einen Stau (und keine Verklemmung!) verursacht hatte. Herr Moll mußte nun steinauflösende Mittel einnehmen und eine Diät machen (kein Fleisch, kein Pils). Vor allen Dingen sollte er in den nächsten Tagen sooft wie möglich die Treppe im Haus rauf- und runterhopsen. »Und wenn er muß, soll er durch ein Sieb pinkeln«, sagte Frau Moll. Diese Bemerkung löste bei Tante Moskito einen grellen Lachkrampf aus und bei Finn Rückert tiefste Verlegenheit. Er beschäftigte sich mit seiner Pizza, die er in großen Happen rasch vertilgte.

»Ja«, fuhr Frau Moll ungerührt fort, »er soll versuchen, den Stein, wenn er kommt, aufzufangen.«

»Wenn er kommt?« fragte Tante Moskito und schnippelte konzentriert an ihrer Pizza herum.

»Ja, was meinst du denn?« sagte Herr Moll und schüttelte den Kopf. »Alles unterliegt dem Gesetz der Schwerkraft. Nach oben geht's nicht mehr, also muß er unten raus. Soll ich es noch näher beschreiben?«

»Huch«, schrie Tante Moskito. »Nein!« Sie legte das Eßbesteck zur Seite und widmete sich lustvoll ihrem Eisbecher.

Annabell fand es nun an der Zeit, Finns Halstuch zu holen.
Finn hatte seine Pizza gerade vollständig vertilgt, und Herr Moll bot ihm seine an, weil sie Fleisch (Salami) enthielt, das ihm gerade verboten worden war. Er nahm das Angebot von Herrn Moll dankend an und von Annabell das Halstuch entgegen. Er roch daran und band es sich dann mit ein, zwei schnellen Griffen um den Hals.
»Ist was, Finn?« fragte Annabell.
»Es riecht anders«, sagte Finn.
»Gut oder schlecht?« fragte Annabell nach.
»Hmhmhm«, machte Finn. »Gut. Wahrscheinlich riecht es nach dir.«
Linda prustete heraus. »Sie hatte es ihrem Teddy umgebunden, Finn!«
Vor lauter Verlegenheit beugte sich Finn über die Pizza, die ursprünglich für Herrn Moll gedacht gewesen war, und Linda sah fasziniert zu, wie Finn Rückert nun ein Pizzastück nach dem anderen verputzte. Annabell schaute ebenfalls zu, allerdings ein wenig verstört, denn ihr fielen andere Szenen mit Finn ein. Sein Blick damals auf dem Sportplatz, der war doch lang und weich gewesen. Und was war mit seinem Wunsch, daß sein Halstuch ihr Glück bringen sollte? Und nun hatte es Herrn Molls Leben gerettet. Mußte er, Finn Rückert, sich dieses Tuch denn so nachlässig und mir nichts, dir nichts um den Hals wickeln? Ohne einen letzten bedeutenden Blick auf Annabell zu werfen?
Als ob er gemerkt hätte, daß er im Mittelpunkt des Interesses stand, blickte Finn plötzlich auf. Er schluckte den

letzten Bissen ziemlich entschlossen hinunter und sah von einer zur anderen, von Linda auf Annabell und zurück auf Linda. Es war beim besten Willen nicht auszumachen, welcher seiner Blicke intensiver und bedeutungsvoller gewesen war.

Annabell wollte es wissen.

Sie bot Finn mit einem hinreißend sehnsuchtsvollen Lächeln ihre übriggebliebenen zwei Sechstel Pizza an. Finn konzentrierte sich also auf sie, schaute fest in ihre Augen, in die Annabell alles, was sie ohne Worte auszudrücken vermochte, gelegt hatte.

Es half nichts: Finn lehnte dankend ab. Er flatterte dabei zwar mit den Lidern (das hätte ja an und für sich ein gutes Zeichen sein können), dann wandte er aber den Blick von ihr ab und schaute Linda an, die ein neues Spielchen mit ihm trieb: Sie sah ihn mit großen Augen an und strich sich langsam und bedächtig die sattgelbe Eiscreme mit einem türkisfarbenen Plastiklöffel auf ihre leicht ausgestreckte Zunge.

Finn würde doch nicht auf solch primitive Mittel hereinfallen?

Annabell räusperte sich und fing den Blick ihrer Schwester auf. Für einen Moment kreuzten beide die Klingen, liebevoll, schwesterlich, und beide schienen von der gleichen Sucht befallen zu sein, die, so erinnerte Annabell sich, irgendwie mit Erdbeertörtchen zu tun haben mußte. Sie sahen sich an, und jede wußte, was die andere dachte.

In diesem Moment lehnte sich Finn zurück und wischte sich mit dem Handrücken über den Mund. Dann nahm er seinen Eisbecher vom Tisch, der mit Erdbeereis (!) gefüllt war. Mit schiefgelegtem Kopf und sehr verlegen sagte er: »Auch wenn ich möchte, ich kann nicht mehr. Also für Eiscreme habe ich beim besten Willen keinen Platz mehr. Möchte jemand... Will einer... Wem darf ich...«

Er sah unschlüssig die ganze Versammlung an.

Annabell zuckte es in den Pfoten, und aus den Augenwinkeln heraus sah sie, wie ihre gierige Schwester sich bereit machte, bereit zum Sprung und jeder Schandtat.

Jetzt kam es auf Finn an. Wem würde er seine Gunst erweisen?

Annabell kam blöderweise der Geschichtsunterricht in den Kopf, und das ausgerechnet im spannendsten Moment ihres Lebens: Paris mit dem unsteten Charakter, der den Apfel der Falschen gab und dafür den Tod fand; ein Pfeil hatte ihn durchbohrt.

Finn sah lächelnd in die Runde. Würde es Annabell sein, der er den Apfel... nein... das Erdbeereis reichte? Würde es Linda sein?

Finns Blick wanderte noch.

Dagmar Chidolue

MAGIC MÜLLER

»Das Schönste an mir bin ich« – Magic Müller ist absolut der größte Sprücheklopfer in Dittes Klasse, außerdem ein glühender Verehrer von Maximiliane und fest entschlossen, die Studienreise nach Italien maßgeblich zu gestalten. Niemand ahnt, was diese zwei Wochen Abifahrt alles auslösen werden.

Dagmar Chidolue hat ein äußerst vielschichtiges Buch vorgelegt. Sie schreibt gekonnt, ausdrucksstark und fesselnd über Lebensglück und Liebesleid, Träume und all das, was die Schritte zum Erwachsenwerden mitunter so schwer macht.
Börsenblatt für den Deutschen Buchhandel

DRESSLER

Gaye Hiçyılmaz

DU WIRST MICH SCHON FINDEN

»Da drüben in der Schweiz werden dir deine schlauen Antworten schon vergehen!« Selda hat Angst, daß ihre Großmutter damit recht behalten könnte. Schließlich ist in der Schweiz alles anders als in der Türkei. In diesem Land, das aussieht wie aus dem Bilderbuch, fühlt Selda sich seltsam verloren und unverstanden. Bis sie Ferhat kennenlernt, einen türkischen Jungen, der illegal in der Schweiz lebt.

Die erwartungsvolle, von eigener Kindheitserfahrung geprägte Sicht eines türkischen Mädchens auf die westliche Zivilisation ist für deutschsprachige Leserinnen und Leser ein Blickwechsel, der vieles nachvollziehbar macht.
Norddeutscher Rundfunk

DRESSLER